KB179886

whale books

호은 지음

일상, 관계, 감정 비움의 기술

삶이 가뿐해지는 멈춤력

읽지 않는 책

오늘의 목표는 ＿＿＿＿＿＿ 하지 않기

"나는 오로지 내 안에서 저절로 우러나오는 것에 따라 살아가려 했을 뿐". 해마다 새로운 다이어리를 펼칠 때면 첫 장에 《데미안》(문학동네)의 첫 문장을 쓴다. 처음 나에게 선물한 만년필엔 '내 인생은 나의 것'이란 말을 새겼다. 무언가를 남기고 새기는 일엔 부디 잊지 않고 기억하길 바라는 염원이 담겨있을 테다. 내게 그것은 언제나 나 자신이었다.

인생에서 수없이 반복해 들었던 말들을 생각한다. *시작했으면 끝을 내. 항상 최선을 다해. 남들만큼은 해. 효율적으로 생각해. 돈과 시간을 아껴.* 출처가 불분명한 목소리들이 내 안을 떠돈다. 가끔은 의지가 아닌 의무에 의해 사는 것 같다. 이런 날이면 본능적으로 잠들어 있던 소중한 기억을 길어 올린다. 배경은 2019년 3월의 아이슬란드로, 렌트카를 타고 장장 네 시간을 이동해야 하는 망망대해 같은 길 위에서 기적처럼 만난 카페였다. 나를 포함한 세 명의 일행은 꽁꽁 언 몸을 잠시 녹이기 위해 핫초코를 한 잔석 주문하고 자리에 앉았다. 언제나 그랬듯 자연스럽게 모두의 시선이 각자의 핸드폰에 닿았을 무렵, 누군가 "저기 좀 봐!"라고 외치며 어딘가를 가리켰다. 손가락 끝을 따라가니 벽에 기대어 있는 검정색 칠판이 나타났다. 그 위에 이런 말이 쓰여있었다.

No Wifi. Talk to each other!
Topic of the day : FAVORITE BOOK

와이파이가 없으니 오늘은 좋아하는 책에 대해 이야기를 나눠보라니! 이 칠판을 앞에 두고 핸드폰에 고개를 박을 수 있는 사람이 얼마나 될진 모르겠지만, 적어도 우리는 아니었다. 세 사람은 약속이라도 한 듯 핸드폰을 내려놓고 좋아하는 책에 대해 이야기하기 시작했다. 부드러운 생크림

이 올라간 핫초코를 호호 불어 마시며 어제의 칠판이 열어 준 이야기의 문은 무엇이었을까 상상했다. 좋아하는 영화였을까? 아니면 핫초코에 대한 어린 시절의 추억이었을까? No라는 단어는 얼마나 많은 가능성을 만들 수 있을까?

인생이 커다란 체크리스트처럼 느껴질 때가 있다. 해야 할 것을 아무리 지우고 지워도 끝나지 않는 무한대의 체크리스트. 평생 무언가를 '해야 하며' 살아야 했던 우리에게 필요한 건 사실 '하지 않기'일지도 모른다. 애초에 와이파이나 체크리스트가 없다면 무엇이든 할 수 있던 하루가 와이파이와 체크리스트 안에서만 머물고 있는 건 아닐지 되짚어 볼 시점이다. 노 와이파이No wifi일 때 무궁무진한 대화의 장이 펼쳐질 수 있는 것처럼, 노 체크리스트No checklist일 때 우리의 오늘은 어떤 것으로도 채워질 수 있다. 하지 않기로 말미암아 필요나 의무가 아닌 온전한 나로 살 수 있는 것이다.

이 책에서 나는 "하지 않는다"는 말과 "비운다"는 말을 자주 사용한다. 여기서 비움의 대상은 물건을 지나 마음까지 아우른다. 유한한 삶에선 물리적인 것뿐만 아니라 정신적인 것에도 적정 용량이 있다. 시선을 빼앗는 물건들을 비우고, 시야를 가리는 마음들을 비워야 한다.

No라는 단어가 가능성을 만드는 것처럼, 비움은 무엇이든 채울 수 있는 여지를 만들어 준다. 비워야 비로소 채울 수 있다. 충만해지기 위해 가뿐해진다. 나는 하기 위해 하지 않는다.

그러니까 이 책은 한 사람이 무엇을 하지 않고 무엇을 비우며 무엇을 하고 무엇을 채울지 고민한 흔적이다. 1장에선 더 나은 내가 되어야 한다는 강박을 비우고 원했던 일을 시작하는 이야기를, 2장에선 불필요한 물건과 마음을 비우고 삶의 여유 공간을 마련하는 방법을, 3장에선 필요와 의무를 내려놓고 내 삶의 주체로서 살아가기 위한 노력의 자취를 담았다. 모든 시행착오는 정답이 아닌 나 자신을 찾기 위한 과정이었기에 보편성을 깨고 모순을 동반하지만, 나는 언제나처럼 이렇게 말할 수 있다. 뭐, 그러면 어때!

책을 쓰며 내가 그러했듯 마지막 장을 덮는 이들이 저마다의 방법으로 홀가분해지길 바란다. 너무 애쓰지 않고 가끔은 흘러가기를, 무겁다면 던져버리기를, 할 수 없다면 먼저 돌아서기를, 스스로에게 하지 않을 자유를 선물하기를, 그리하여 나 자신을 지켜내기를.

1　　　더 나은 내가 되어야 한다는 환상

2 나의 적정 용량을 찾아서

3   체크리스트 바깥에서 일어나는 일

I

더 나은 내가 되어야 한다는 환상

마음에도 유연성이 필요하다.

꼭 해야 한다는 생각은

시작하지 못하는 이유가 되기도 하니까.

사람의 에너지는 유한하기에

언제나 주먹을 꼭 쥐고 뛸 수만은 없다.

때론 걷다가 잠시 멈춰 숨을 고르며

최선보다는 균형을 맞추는 연습을 해본다.

내가 대견하다는 기분

유튜브를 시작하고 3년 넘게 수많은 이야기를 들어왔다. 영상에 댓글을 달거나 개인적으로 다이렉트 메시지와 메일을 보내 마음을 털어놓는 이들이 많았다. 경험하고 느낀 것을 많은 사람과 나누는 직업을 가진 만큼 강연 요청도 종종 들어오는데, 그런 자리에서도 사람들의 고민을 짧게나마 들을 수 있었다.

내가 들은 이야기 중 가장 많은 비중을 차지하는 게 뭐냐고 묻는다면 단연 이런 내용이다. "제가 물건이 이만큼 있는데, 미니멀 라이프와는 거리가 먼 것 같아요", "아기를 키우는 집은 친환경적으로 살기 힘들겠죠?" 비슷한 예로 내 유튜브에는 "혼자 사니까 이런 생활이 가능하지. 나는 엄두도 못 낸다" 같은 댓글이 주기적으로 달린다. 이런 말들 앞에 서면 마음이 무거워진다.

나는 좀처럼 타인과 자신을 견주는 일이 없는 대신 과거의 나와 현재의 나를 비교하는 편이다. 시간이 가며 가치관은 계속 변화하는데, 한 시절의 기록이 블로그며 유튜브에 전부 고정되어 있기 때문이다. 대표적으로는 미니멀 라이프가 그렇다. 예전엔 튼튼한 에코백 하나를 1년 내내 들고 다녔지만 지금은 그날의 의상이나 필요에 따라 서너 개의 가방을 돌려가며 사용한다. 비누 하나로 머리부터 발끝까지 씻었던 때가 있었지만 요즘은 약해진 두피를 위해 기능성 샴푸를 따로 사용하고, 식기는 손님을 위한 여분을 넉넉히 두고, 차를 좋아해서 선물 받은 찻잔과 티팟도 여러 개 가지고 있다.

스스로 지금의 모습에 만족하다가도 예전의 모습이 그립다는 이야기를 들으면 '왜 이렇게 물건이 많아졌지?'라는 회의를 떨치기 힘들다. 몇 년 전 사진을 보며 몸무게가 불어났다고 자책하거나 옛날 기록을 들춰보며 고민하거나 망설이지 않고 진취적으로 도전하던 성미를 그리워하기도 한다. 굳이 타인이 섞이지 않더라도 비교하는 일을 멈추는 건 이토록 어렵다.

그렇게 내가 나와 경쟁하다 보면, 다른 사람의 속도에 맞추다 보면 지금의 내 상황에 불만이 생긴다. 나는 가족과 함께 살아서 저렇게 못 해. 나는 직업 특성상 저 사람처럼 살지 못해. 이런 생각들은 당연한 진실 앞에서 눈을 가린다. 사람마다 삶의 모습이 다르니 삶의 방향성도 각기 다른 모습을 띨 수 밖에 없다는 사실. 오천만 국민의 오천만 가지 성공이 있다는 어느 희극인의 말처럼, 오천만 명에게 오천만 가지 라이프 스타일이 있다는 사실 말이다.

한 그루의 나무에 걸려있는 잎의 모양이 모두 다르듯 더불어 사는 우리가 지니는 삶의 가치는 모두 다르다. 나에게는 잔잔한 일상의 평화가 소중한 것처럼 누군가에게는 연결과 사랑이 소중하고, 일의 성취가 가장 중요한 사람이 있는가 하면 끝없이 배우고자 하는 욕망이 무엇보다 중요한 사람이 있다.

내게 미니멀 라이프는 삶의 가치를 찾고자 하는 목적을 이루기 위한 수단이다. 마음의 짐이 되는 요소를 없애 시간과 에너지를 마련하여 소중한 것에 집중하고 내 삶을 직접

주도해 나가겠다는 다짐이다. 여기서 중요한 건 물건의 절대적인 개수가 아니다. 아이를 키워서 육아용품이 많다면 주기적으로 더 이상 필요하지 않은 옷이나 장난감, 동화책을 나눠주어 물건이 손쓸 수 없이 불어나는 걸 막을 수 있고, 늘 바쁘고 시간이 부족하다는 생각이 든다면 붙잡고 있는 일을 과감히 포기하거나 주변 관계를 정리할 수도 있다. 비워낼 필요성을 인지했다면 방법은 상황에 맞게 만들어가면 된다.

누구와도 비교하지 않으려면 무엇보다 자신을 믿고 응원하는 일에 익숙해야 하지만, 사실 우리는 스스로에게 가장 야박하다. 이래도 될까? 이게 맞을까? 끊임없이 의심하고 검열한다. 내가 행한 작은 실천에도 크게 만족하고 칭찬하는 습관을 들여야 하는 이유다.

물건 비우기를 실천한 지 1년 정도 지났을 때의 일이다. 한가로운 주말, 엄마가 상품권이 생겼다며 백화점 나들이를 제안했다. '엄마 찬스'는 쉽게 오는 기회가 아니었기에 신이 나서 엄마를 따라나섰다. 우리는 연말을 맞아 화사하게 단장한 백화점 안을 지하 1층부터 5층까지 구석구석 돌아다녔다. 그런데 백화점을 몇 바퀴나 돌아도 사고 싶은 물건이 없었다. 엄마는 아무 소득 없이 집에 가자는 딸을 붙잡고 목걸이라도 하나 사라며 액세서리 숍으로 데려갔지만 구매 욕구는 끝내 생기지 않았다. 불과 1년 전만 해도 백화점에서 빈손으로 나올 줄 모르던 내가 무려 엄마 찬스를 거절하는 날이 올 줄이야!

그때 깨달았다. 나는 이제 불필요한 것에 눈을 돌리지 않는다. 변화한 내 모습이 자랑스러운 나머지 집으로 돌아와 캔맥주를 따고 일기를 쓰며 소소하게 자축했던 기억이 아직도 생생하다. 물론 부족한 점을 찾으라고 하면 끝도 없다. 그 일이 있기 며칠 전엔 사놓고 안 읽은 책이 많은데도 서점에서 책을 충동구매했고, 어느 날에는 친구 집에서 배달 음식을 시켜먹으며 플라스틱을 많이 소비했을지도 모른다. 그럼에도 나는 내가 자랑스러운 나머지 동네방네 광고라도 하고 싶은 심정이었다.

음식을 흘렸을 때 물티슈를 쓱 뽑아 사용할 수 있었지만 행주를 빠는 수고로움을 감내한 나, 외출하기 전 자연스럽게 가방 속에 텀블러를 챙기는 나, 필요한 물건만 사고 무료로 주는 샘플이나 굿즈는 거절하는 나의 멋짐에 취해보는 일. 우리에게 필요한 건 이런 일이 아닐까? 부족한 점을 찾기보다 현재의 내 상황에서 할 수 있는 최선을 실천하고 크게 기뻐해 보자. 이런 경험은 차곡차곡 내 안에 쌓여 가끔은 흔들려도 다시 중심을 잡을 수 있도록 하는 든든한 무게추가 되어줄 것이다.

나를 가장 힘들게 하는 비교는 다른 누구도 아닌 나 자신과의 비교다.

"예전의 모습이 그립다"라는 말을 들을 때.

몸무게가 더 불어난 것 같을 때.

용감하고 진취적이었던 과거와 달리

지금은 소심해지고 망설이는 것 같을 때.

과거의 나와 지금의 나를 비교하기보다,

지금 내 상황에서 최선을 다하고 충분히 칭찬해 주는 게 어떨까.

물티슈를 사용하는 대신 행주를 빠는 수고로움을 감내한 나.

외출하기 전 가방 속에 텀블러를 챙기는 나.

무료로 주는 샘플을 거절한 나.

모두 지금의 나를 자랑스러워할 이유다.

단순한 사람들의 그냥 시작한 이야기

30년 넘게 사는 동안 내 삶의 신조는 언제나 '일단 해보자'였다. 시작이 현재의 내 책임이라면 결과는 미래의 내가 책임지면 된다고 생각했다. 어려운 살림에 눈치를 보면서 시작했던 재수도, 두 번의 휴학도, 졸업 전시를 준비하며 만들었던 브랜드도, 퇴사 후 시작한 유튜브도, 공간을 보고 첫눈에 반해 계약했던 첫 사무실도 '일단 저질러보자'는 마음이 없었다면 모두 불가능한 일이었다. 이렇게 무슨 일이든 우선 벌이고 수습하는 편인 나에게도 한 가지 예외가 있는데, 그건 바로 글쓰기다.

그해 여름이면 사라질 것 같았던 코로나19가 일상을 잠식하고, 눈앞에 닥친 일들만 겨우 해치우기 바빴던 날들을 기억한다. 목적지 없는 산책과 애정 어린 대화를 잃어버린 시간이었다. 어제가 오늘 같고 오늘이 어제 같은 날들을 보내던 내게 영화 〈82년생 김지영〉에서 의사가 김지영에게 던진 질문이 깊게 날아와 박혔다.

"예전에 화가 나거나 힘들었을 때, 어떻게 했어요?"

영화가 끝난 후 나는 홀린 듯 노트북을 열었다. 그렇게 세 시간 넘게 꼼짝도 안 하고 앉아서 키보드를 두드렸다. 바쁘다는 핑계로 미뤘던 브런치 계정을 만들어 글을 올렸다. 일주일에 한 장씩 글을 써서 올리겠다는 포부를 담아 '글요일'이라는 거창한 이름도 지었다.

언제나 그렇듯 저지르기는 쉬웠지만, 결론부터 이야기하자면 브런치 연재는 2021년 1월에 멈춰있다. 글을 놓은 것은 아니었다. 글감이 번뜩일 때면 때와 장소를 가리지 않고 메모장에 기록했고, 바쁜 일상에 밀어두었다가도 외롭고 힘들 때면 탈출구처럼 글을 찾았다. 다만 그렇게 시작한 문장들은 대체로 끝을 맺지 못했다. 그 이유를 생각해야 할 때였다.

어린 시절 학기가 끝나면 받는 성적표는 내가 지독히 평균의 인간이라는 것을 말해주었다. 수학도 중간, 과학도 중간, 체육도 중간, 교우 관계도 완만. 아무도 점수를 올리라고 닦달하지 않았고 나 또한 욕심이 없었기에 울고 웃는 아이들 사이에서 성적표를 고이 접어 책상 서랍 안에 쑤셔 넣곤 했다. 각종 대회에 나가 입상을 하거나 강단 위에 올라가 표창을 받는 친구들을 딱히 부러워한 적도 없었다.

그렇게 열두 살을 맞은 지극히 평범한 내가, 느닷없이 아침 조회 시간에 선생님께 불려 교실 앞에 섰던 순간을 지금도 잊지 못한다. 선생님은 얼마 전 내가 국어 숙제로 제출한 글을 아이들 앞에서 읽어보게 하였다. 패스트푸드가 인기를 얻는 현상의 문제점을 주제로 한 글이었는데, 그때 나는 다큐멘터리에서 본 어느 외국인의 하루 식단을 예시로 들며 도입부를 열어갔다. 느닷없이 시작한 낭독이 끝나자 선생님이 친구들을 향해 말하는 것이었다.

"정말 잘 쓰지 않았니?"

짧은 인생을 무지무욕無知無慾의 상태로 살던 나는 깨닫고야 말았다. 칭찬이란 이토록 달콤한 것이구나! 그 후 선생님의 권유로 백일장에 나가 최우수상을 타고, 입상을 계기로 방송부에 섭외받아 대본 쓰는 일을 맡으며 나의 쓰는 인생이 막을 열었다.

그러니까 글쓰기는 내가 처음으로 욕심낸 일이었다. 다른 어떤 것보다 칭찬받고 인정받고 싶은 일, 다른 누구보다 잘하고 애쓰고 싶은 일. 나는 아직도 중학생 때 춤과 고등학생 때 패션 디자인이라는 변수를 만나지 않았다면 지금쯤 어느 한적한 마을에서 글을 쓰고 있을지도 모른다며 술자리 안주 삼아 내 평행우주를 상상한다.

요리를 할 땐 계량스푼보다 눈대중을 믿고, 일은 최대한 미룰 수 있을 만큼 미뤘다 하는 내가 완벽주의자라고 생각하지는 않는다. 그런 내가, 글쓰기만은 완벽하길 바란다. 그렇다면 내가 바라는 완벽은 무엇인가. 바로 자리에 앉자마자 가래떡 뽑히듯 술술 나오는 활자와 어지럽게 널려있는 머릿속 생각들을 일목요연하게 정리한 문장, 글을 쓴 자신조차 감탄하게 만드는 수려한 문체 같은 것들이다. 이상이 이렇다 보니 문턱은 높기만 하다. 머리가 복잡하지 않게 일이 많지 않은 시기이길, 글이 무거워지지 않게 너무 우울한 기분은 아니길, 온도, 습도, 조명(?)까지 적당히 따뜻하고 편안하길 바란다. 길이는 너무 길지도 짧지도 않아야 하고, 나의 이야기를 자연스럽게 녹여내야 하지만 지나치게 일기 같지는 않아야 한다.

조건을 따지다 보면 마음먹고 의자에 앉는 것조차 쉽지 않다. 사실 '완벽한 글'이란 '완벽한 사람'만큼이나 허무맹랑한 말이란 걸 알고 있다. 좋아하고 욕심나는 만큼 조심스러운 것은 당연하지만, 노트북도 열지 않고 걱정만 하는 것이 무슨 소용일까. 0에는 무엇을 곱해도 0일 뿐인데.

이런 내가 글쓰기에 대한 완벽주의를 내려놓을 수 있었던 것은, 한 권의 책을 읽고 나서였다. 메이슨 커리의《예술하는 습관》은 수많은 예술가들이 창작을 위해 실천한 루틴을 소개한다. 미국의 SF 소설가 옥타비아 버틀러는 자신이 가장 글을 잘 쓸 수 있는 새벽 3시에서 4시 사이에 일어났고, 최초의 여성 사회학자이자 저널리스트인 해리엇 마티노는 자리에 앉은 첫 25분은 무조건 쓰라고 조언한다.

이들은 완벽할 때를 기다리지 않는다. 일단 자신에게 맞는 루틴을 정하면 죽이 되든 밥이 되든 해야 한다는 것이 그들의 공통된 이야기였다. 나는 글쓰는 삶을 지속하고 싶었다. 뒷걸음질 칠 곳이 없도록 출간 제의까지 덥석 받아들

였으니 이젠 정말 써야 한다. 계속 쓰는 삶을 위해 몇 가지 규칙을 정했다.

- **적어도 3일에 한 번은 쓰기**

  감을 놓치면 흐름을 잡기 쉽지 않다.

- **보통 일은 집에서 하지만 글만큼은 밖에서 쓰기**

  잡념에서 벗어나 새로운 생각을 불러오기 위함이다.

- **자리에 앉으면 딴짓하지 않고 최소 20분은 쓰기**

  소셜미디어에 한 번 접속하면 빠져나오기 힘들다. 특히 쇼츠를 주의할 것.

- **추후에 수정하더라도 오래 고민하지 말고 일단 쓰기**

  가장 중요! 습관으로 만들어야 한다.

- **자체적인 마감 기한을 실제보다 빠듯하게 잡기**

  위대한 업적을 위해서는 계획과 적당히 빠듯한 시간이 필요하다고 누군가 말했다.

- **읽는 사람을 생각하며 쓰지 않기**

  세상 모든 사람을 만족시킬 수는 없다.

- **술 마시고 쓰지 않기**

  다음 날 후회한다.

내가 살면서 닮고 싶다고 생각했던 사람들은 모두 단순함의 제왕들이었다. 국문학과를 나왔지만 졸업 후 개발 공부를 시작해서 1년 만에 취업했던 Y도, 브이로그 황무지 시절에 유튜브를 시작해 곧 100만 구독자를 눈앞에 둔 S도, 촬영 현장에서 일하다 지금은 잘나가는 프리랜서 작가로 활동하고 있는 M도 어떻게 용기를 낼 수 있었냐는 질문에 하나같이 "그냥…… 한 거지, 뭐"라는 식의 대답을 무심하게 내놓았다. 단순한 사람들의 그냥 시작한 이야기를 듣다 보면 불필요한 마음을 덜어내는 일이 얼마나 중요한지 새삼 깨닫는다.

정도의 차이가 있을 뿐 완벽하고 싶은 마음은 누구에게나 있다. 나에게 글쓰기가 그렇듯 누군가는 자신을 위한 일요일 점심 한 끼조차 완벽하게 만들고 싶을지도 모른다. 정성을 다하는 마음은 절대 나쁘지 않다. 단지 그 마음이 시작에 걸림돌이 된다고 느껴진다면 조금은 덜어내는 연습을 해보자.

너무 잘하고 싶다는 마음에
시작을 주저하게 될 때가 있다.
하지만 0에는 무엇을 곱해도 0일 뿐이다.

내가 살면서 닮고 싶다고 생각했던
단순함의 제왕들을 떠올린다.
그냥 시작해서 결과를 만들어낸 사람들.
불필요한 마음을 덜어내는 일은
모든 성취의 첫걸음이다.

일상에 시적 허용하기

시적 허용이라는 말을 좋아한다. 시적 허용이란 인간의 섬세한 감정을 표현하기 위해서 문법에 어긋나는 표현을 쓰는 걸 말한다. 일상에서 사용하면 '너 그거 틀렸어'라고 단번에 지적받을 말도 시에선 허용된다. 노란 개나리를 노오란 개나리라고 불러도 되고, '나비 같다'는 말을 '나빌레라'라고 써도 된다. 말을 줄이고 길게 늘이고 뜬금없이 멈춰도 된다.

하지만 시 밖의 세계는 어떠한가. 나처럼 프리랜서로 사는 친구와 긴 영상 통화를 했을 때였다. 친구는 이제 그만 안정적인 직장을 갖는 게 어떻겠냐는 가족들의 이야기를 듣다가 지친 나머지 이제 뭐가 맞는 길인지 헷갈리기 시작한다고 말했다. 남 얘기가 아니다. 우리는 고등학교를 졸업하면 대학교에 가야 하고 공부를 하면서 스펙을 쌓아 취업을 해야 하고 그 와중에 연애도 하다가 좋은 사람을 만나 결혼도 해야 하고 성실히 돈을 모아 집도 사야 한다는 압박에 시달린다.

이러한 사회의 분위기에 이골이 나서 적당한 선에서 반항적인 삶을 살고 있지만, 나 또한 중요한 선택의 순간에는 맞는 것과 틀린 것이라는 이정표가 꽂힌 갈림길 사이에서 갈팡거린다. 그럴 때면 시집을 펼쳐 그 안의 세계를 동경한다. 시의 세계에서 맞고 틀린 건 없다. 시는 이분법을 거절하고 비생산성을 환영하며 느리고 무용한 것들에서 아름다움을 찾는다. 나는 생각한다. 시적 허용처럼 삶의 허용이 관대한 세상은 어떨까.

눈 뜨자마자 이불을 정리하는 대신 누운 그대로
온갖 상상을 하는 시간.
햇살 좋은 날 창가에 앉아 레고처럼 작은 사람들을 바라보며
멍때리는 시간.
눈을 감고 좋아하는 음악 한 곡을 반복해 듣는 시간.

요가 매트 위에서 내 맘대로 스트레칭을 하는 시간.

책장을 뒤엎고 나만의 분류법을 만들어 보는 시간.

섬유유연제 잔향을 맡으며 빨래를 차곡차곡 개는 시간.

방금 다 본 영화를 또다시 재생하는 시간.

눈대중으로 했지만 완벽하게 간이 맞는 볶음밥을 먹는 시간.

내가 지닌 가장 비밀스러운 생각들을 글로 써보는 시간.

내가 시처럼 살고 있다고 느끼는 순간은 으레 이런 것이다. 누구도 아닌 내가 애정하는 것으로 채우는 시간. 남들은 시간을 죽이는 일이라며 이해하지 못해도 내가 행복한 순간. 언젠가의 술자리에서 요즘 즐거운 일이 없다는 내 말에 누군가는 행복에서 중요한 것은 강도가 아닌 빈도라는 이야기를 해줬다. 한 번의 큰 행복보다 일상 사이사이를 채우는 소소하고 작은 행복들이 우리를 살게 한다는 걸, 그러니 특별하지 않더라도 내 기분을 나아지게 만들 무언가를 찾으라고 말하고 싶었을 거다.

사실 나는 그 무언가를 이미 가지고 있었다. 서점에 가서 아무런 정보 없이 책을 골라 바로 읽어 보는 일. 땀 흘리고 운동한 뒤 리코타 치즈 샐러드를 만들어 먹으며 영화를 보는 일. 좋아하는 바에서 '혼술'을 하는 일. 일상에 불안이 엄습하는 날이면 이런 것들로 기분을 치환했다. 다만 이 정도의 감정도 행복이란 범주에 넣을 수 있다고 생각하지 못했다. 하지만 거창하지 않아도, 짜릿하고 벅차오르지 않아도 행복이었다.

천문학자 심채경 박사는 tvN의 예능 프로그램 〈알쓸인잡〉에 출연해 행복에 대해 이렇게 말했다. 행복은 어려우면서도 쉬운 것이라고. 천체의 무게중심이 천체 안에 있으면 안정적으로 존재할 수 있지만 천체의 무게중심이 천체 밖에 있으면 궤도가 계속 섭동(행성이 정상적인 궤도를 벗어나는 현상)하듯이, 가치 판단의 무게중심을 내 안에 두면 행복해질 수 있다고.

이 말을 메모하는 노트 위에 잊고 있던 과거의 취미가 겹쳐 보였다. 한때 내 즐거움은 도서관에서 수학 문제집을 푸는 것이었다. 왠지 부끄러워 정말 가까운 몇 명에게만 말했는데 하나같이 "왜?"냐고 물으며 의아해했다. 글쎄, 미술을 시작하며 수학을 포기했던 것에 대한 아쉬움 때문일까. 아니면 끝을 알 수 없는 인생과 더 알 수 없는 마음과는 달리 답이 정해져 있는 것이 좋았던 걸까. 이유야 어쩌 됐든 각자의 일에 몰두하고 있는 사람들 사이에 섞여 종이에 연필로 사각사각 숫자를 적고 답을 찾다 보면 어느새 잡생각은 사라지고 굳어 있던 머리가 말랑해지는 듯했고, 나는 그 시간이 참 좋았다.

행복에 대한 설문조사에서, 우편을 이용한 비대면 조사보다 대면으로 진행할 때 응답자의 행복도가 더 높게 나타난다고 한다. 이는 사람이 타인과 함께 있을 때 더 행복한 사회적 동물이라서가 아니라, 모두가 남들에게 행복한 모습으로 보이기를 원하기 때문이다. 우리는 행복한 사람이 매력적으로 보인다는 걸 안다.

여기에 덧붙여 나는 '혼자 있을 때' 행복한 사람에게 눈길이 간다. 내가 뭘 할 때 기분이 좋은지 알고 있는 사람의 시간은 권태가 아닌 여유로 채워진다. 혼자 있는 상태를 외롭거나 쓸쓸하게 여기지 않고, 고요 속에서 자기만의 속도로 루틴을 지키며 물 흐르듯 하루를 보낸다. 혼자 있을 때도 행복한 사람은 가치 판단의 기준이 자기 자신에게 있을 거라고, 적어도 그러기 위해 노력하는 사람일 거라 믿는다.

"인간의 모든 불행은 자기 방에 혼자 있을 수 없기 때문에 생긴다"라고 파스칼도 말하지 않았던가.

술이 아무리 좋아도 매일 마실 수 없고 여행이 아무리 좋아도 매일 떠날 수 없다. 우리에겐 지켜야 할 것이 너무도 많기 때문이다. 그렇기에 일상에서 자신만의 행복을 찾아야 한다. 언젠가가 아니라 바로 지금 즐겨야 한다. 삶을 누리는 사람과 버티는 사람의 간극은 여기서 생기는 걸지도 모른다. 자신의 내면을 오래 들여다본 사람만이 가질 수 있는 특권이다.

→ 나의 경우,

시에서는 '노란'을 '노오란'이라고 해도 되고,

'나비 같다'를 '나빌레라'라고 해도 된다.

시적 허용이 가능하다면, 삶의 허용도 가능하지 않을까?

일어나자마자 침구 정리를 하는 것도 좋지만,

침대 위에서 한참을 누워 딴청을 피우는 시간도

충분히 소중하다.

감정은 극복의 대상이 아니다

나는 감정에 휘둘리는 걸 극도로 경계하는 사람이다. 이건 선택적 경계심이다. 지루와 나태는 다정히 맞이하면서도 우울과 분노는 내 것이 아니길 바란다. '너는 감정 기복이 없잖아', '너는 화가 많지 않은 사람이야'와 같은 타인의 평가에 만족스러워한다.

사실 타고난 건 아니고 철저히 의도해 만들어진 페르소나다. 한때 나는 슬픔과 분노를 삼키지 못해서 온몸으로 토해내는 아이였다. 새로 산 핸드폰을 박살내고 아끼는 유리 저금통을 던져 산산조각 내며 화를 표현했고, 동생과 싸울 때면 악을 쓰고 소리를 지르며 서로를 다치게 했다. 이것이 내가 본 어른들이 감정을 표출하는 방식이었기에, 그 외의 방식은 알지 못했다.

중학생이 되어 본격적으로 사회생활에 접어들고 나서, 다양한 사람과 관계를 맺고 여러 분야의 책을 읽으며 나의 감정 표현 방식이 어긋났다는 사실을 알게 되었다. 사람들은 슬플 때면 물건을 부수는 게 아니라 목욕을 하는구나. 화가 나면 욕을 하기보다 산책을 하거나 달달한 음식을 먹고 음악을 듣기도 하는구나. 그러면 나는 친구를 만나 떡볶이를 먹고 동방신기 노래를 들으며 종이학을 접고 뜨개질을 해봐야지.

나는 점차 감정을 즉각적으로 표출하지 않고 우회적으로 해결하는 방법을 배워갔다. 얼마 지나지 않아 잘못된 습관은 과거의 흔적으로 남았다. 나는 이따금 그을린 흔적을 만지작거리며 스스로 감정을 해결하지 못하는 이의 헝클어진 모습을 들여다본다. 내가 감정을 어떻게 '표현'할지 고민하기보다 어떻게 '해소'하느냐에 연연하는 이유다.

"나 왜 이러지. 정말 고장났나 봐."

운전 중이라 입술을 깨물며 참고 참았던 눈물이 친구의 목소리를 듣자마자 속절없이 터져버렸다. 당황했을 친구에게 이유를 말하고 싶은데 설명할 길이 없어 같은 말만 되풀이했다.

사람은 다 변한다지만 이런 변화까지 필요할까. 슬픈 영화나 드라마를 보지 않는 이상 1년에 한 번도 울까 말까 했던 내가 아침에 눈을 뜨는 순간부터 이유를 알 수 없는 눈물을 보인 지 일주일째다. 비상 상황이 틀림없다. 침대 머리맡에 기대 흐르는 눈물을 닦으며 현재 상태에 대해 곰곰이 생각했다. 특별한 사건이 없는 평범한 일상이다. 최근에 발목 수술을 했지만 이젠 어느 정도 회복되어 좋아하는 산책도 할 수 있게 됐고, 얼마 전 이사 온 후 층간 소음에서 벗어났고, 어제는 좋아하는 친구와 몇 시간 동안 깊은 이야기를 나누다 잠에 들었다. 그런데 왜 우는 거지? 생각이 여기까지 미치자 덜컥 무서워졌다. 원인을 모르는데 이걸 고칠 수 있을까? 나, 정말 큰일 난 게 아닐까?

두려운 마음이 밀려왔지만 내게는 그동안 차곡차곡 쌓아온 '감정 해소법'이 있었다. 나는 곧 자리를 털고 일어나 따뜻한 물로 몸을 씻었다. 창문을 열어 환기를 시킨 후 먼지를 털고 청소기를 돌렸다. 곧바로 어제 빨아둔 깨끗한 옷을 걸쳐입고 집을 나섰다. 이사한 집에 커튼이 필요하니 마침 잘됐다 싶어 이케아를 목적지로 찍고 높은 볼륨으로 신나는 노래를 들으며 도로를 달렸다. 사야 할 것은 정해져 있었지만 괜히 쇼룸 이곳저곳을 둘러보고 긴 줄을 서서 점심도 먹었다.

그런데 밥알이 입안을 할퀸다. 무거운 것이 가슴을 짓누르는 기분에 숨을 크게 쉬었다. 무언가 밖으로 새어나오지 않도록 눈을 질끈 감았다 뜨길 반복했다. 서둘러 필요한 물건을 담아 계산을 하고 주차장을 벗어났다. 한계치에 다다른 기분에 몇 주 전 엉엉 울며 내게 전화했던 친구에게 전화를 걸었다. 나도 엉엉 울며 무너졌다. 우울한 낮은 처음이라 무서워. 이유를 모르니 해결하지 못할까 무서워. 이 우울이 끝나지 않을 것 같아서 무서워.

나는 감정을 다루는 나름의 방법을 지닌 사람이라고 자부해 왔다. 어떤 날은 목적지 없는 산책으로, 다른 날은 직접 장을 봐서 만든 음식으로, 그것도 아니면 서점에서 좋아하는 작가의 책을 사서 읽는 것으로 짙은 마음을 희석했다. 그런데 이번엔 달랐다. 어떤 일도 도움이 되지 않는다. 늪에 빠진 것처럼 뭔가를 해보려고 할수록 깊이 잠식되는 기분. 처음 겪는 깊이의 우울은 그동안 쌓아놓은 인생의 경험치를 무색하게 만들었다. 이젠 무얼 해야 할지 막막했다.

새롭게 무언가를 시작할 때면 그것과 관련된 책을 사는 것이 습관인 나는 이번에도 우울증에 관한 책을 서점에서 한아름 안고 왔다. 읽는다고 달라지는 건 없겠지만, 적어도 내가 겪는 게 무엇인지는 알면서 괴롭고 싶었다.

다음으로 한 일은 나를 아끼는 사람들을 만나 내 상태를 털어놓는 것이었다. 감정을 표현하는 데 인색하게 살아온 내겐 쉽지 않은 일이었지만 타인의 경험과 이야기가 필요한 시기라고 느꼈다.

자신의 우울을 사랑한다고 당당히 말하는 모습이 멋진 S는 눈물 섞인 술잔을 부딪치며 이렇게 말했다.

"언니, 모든 마음엔 끝이 있어. 빨리 잊어버리고 싶은 마음은 지금 써버리는 게 나아."

비슷한 시기에 함께 점심을 먹으며 동생 J는 이렇게 말했다.

"그럴 땐 차라리 더 깊이, 더 빨리 우울해져 버려. 그러면 안 된다고만 생각하지 말고 누나가 만드는 영상에도 누나가 쓰는 글에도 우울한 마음을 잔뜩 표출해. 뭐 어때."

경험자들의 뼈아픈 조언을 정리하자면 지금의 상태를 외면하지 말고 그대로 소모해 보라는 것이었다. 도저히 알 수 없는 이유를 찾아내려 과거의 기억을 들쑤시고 원인 모를 우울이 찾아왔다는 사실에 괴로워하기보다 이런 마음도 있다는 걸 인정해야 했다. 사랑하는 사람과 이별하고, 절친한 친구와 싸우고, 다음 달 월세를 걱정하는 일이 없더라도 울 수 있는 거다. 나도 모르는 사이 지쳐버린 걸 수도, 그저 숨 쉬는 것 자체가 버거운 시기가 찾아온 걸 수도 있다. 그래, 그냥 우울할 수도 있는 거다.

죽고 사는 문제가 아니라면 내려놓을 줄도 알아야 한다고 말해왔지만, 그럼에도 정녕 불가능하다면 그 마음 그대로를 견뎌보기도 해야 한다는 걸 쉽지 않은 경험을 통해 배웠다. 몸을 바쁘게 움직여 생각을 덜하면, 좋아하는 취미를 찾으면, 경치 좋은 곳으로 여행을 가면, 육성으로 '괜찮다'고 세 번 외치면 정말 괜찮아지기도 한다지만 이것도 저것도 안 되면 너무 애쓰지 않고 고여있는 것도 방법이다. 단번에 행복으로 가기 위해 감정을 속이기보다 울고 싶으면 울고, 우울한 노래를 반복해 듣고, 부정적인 마음으로 점철된 글을 쓰는 것도 도움이 될 수 있다. 소용돌이에 휩쓸렸을 때 헤어나오는 방법은 수면 위로 나오려고 발버둥치는 게 아니라 숨을 참고 밑바닥까지 잠수하는 것이다.

나와 비슷한 경험을 하고 있을 사람들을 위해 후일담을 써보자면 글을 마무리하고 있는 지금의 나는 괜찮다. 괜찮다는 말을 자세히 풀면 '아침에 일어나 울지 않고, 그날 몫의 일을 하고, 음악을 들으며 산책을 하고, 나를 위한 끼니를 챙기고, 친구들을 만나 웃고 떠들기도 한다' 정도로 말할 수 있다. 더 이상 우울하지 않다고 말할 수는 없지만 이제 나는 그럭저럭 지낸다. 사람의 자연 치유 능력이 이토록 고마울 수가 없다.

감정을 해소하는 방법을

아는 것만큼

감정을 견디는 방법을

아는 것도 중요하다.

덮어놓고 외면하는 것이 아니라

다 써버릴 때 괴로운 마음은 끝이 난다.

소용돌이에 휩쓸렸을 때

헤어나오기 위해서는

밑바닥까지 잠수해야 한다.

가장 간편한 영감 수집법

중학생 때부터 필사를 해왔다. 기형도의 처음이자 마지막 시집이 사무치게 좋아서, 좋은 나머지 뭐라도 하고 싶어서, 그것을 연필 끝으로 내 안에 새기고 싶어서 노트에 옮겨 담기 시작했다. 왜 좋은지 생각해서 글로 정리하기엔 깜냥이 부족한 터라 그저 따라 적기만 했다. 그걸 필사라고 부른다는 것도 몰랐다. 그저 멋진 풍경 앞에서 사진기를 꺼내는 것처럼 소중한 문장을 남기기 위한 자연스러운 움직임이었다.

"사랑을 잃고 나는 쓰네"로 시작해 "가엾은 내 사랑 빈 집에 갇혔네"로 끝나는 기형도의 〈빈 집〉은 노트가 닳도록 옮겨 적어 누군가 툭 치면 반사적으로 줄줄 욀 수 있을 정도였다. 어쩌면 이 시를 읽은 것이 나의 쓰기가 시작된 시점일지도 모른다. 그 후로 무언가를 잃을 때마다 글을 썼기 때문이다. 나는 사랑을 잃고 추억을 잃고 열정을 잃고 환상을 잃고 여유를 잃을 때면 본능적으로 썼다. 독일의 철학자 발터 벤야민은 한 권의 책이 자기 것이 되는 순간은 옮겨 쓸 때라고 말했는데, 마음을 다해 필사했던《입 속의 검은 잎》의 조각조각은 분명히 삶에 스며들어 내가 되었다.

"책을 읽어도 시간이 지나면 까먹는데, 어떻게 하면 오래 기억할 수 있을까요?" 영상에서 책 읽는 모습을 자주 보여주어서인지 사람들은 종종 내게 독서에 대해 질문을 건넨다. 나는 독서가 게임처럼 그저 킬링타임용이면 왜 안 되냐는 입장이지만, 그래도 그 안에서 간직하고 싶은 것이 있다면 세 가지를 해보라고 말한다.

첫 번째로는 '나였으면'이라고 생각해 보는 것이다. 문학이라면 갈등이 생긴 주인공의 입장에서 어떻게 할지 상상하고, 비문학이라면 작가의 입장에서 어떤 흐름으로 내용을 전개해 나갈지 생각해 본다. 공부할 때 친구와 토론한 내용은 더 기억에 잘 남는 것과 비슷한 이치다. 나를 통과

한 것은 더 이상 활자로만 존재하지 않는다.

두 번째로는 요약하는 것이다. 책 한 권을 요약하는 게 부담스럽다면 한 문단이라도 짧게 요약해 본다. 어떤 단어를 골라 매끄럽게 이어갈지 고민하는 과정에서 내 의견이 개입된다.

그리고 마지막으로, 가장 추천하는 방법은 역시 필사하는 것이다. 누군가 어쩌면 수천 번은 고민해서 썼을 문장을 따라 쓰며 빠르게 내 것으로 흡수시킬 수 있다. 나는 여기서 그치지 않고 필사한 문장 아래에 생각을 짧게 적는다. 가사, 책 구절, 글감 등 그게 무엇이든 떠오르는 것을 낙서하듯 남긴다.

필사는 기억력이 좋지 않은 내가 책을 사랑하는 방법이다. 책을 읽는 사람은 안다. 의미를 갖지 못하고 머릿속을 떠다니는 생각의 파편들이 어떤 문장을 만나 비로소 퍼즐처럼 맞춰질 때의 쾌감을, 내 사고의 범위와 사유의 깊이가 확장되는 순간의 짜릿함을 안다. 이런 경험은 우연보단 노력에 의해 만들어진다. 스치듯 흘러갈 수 있는 문장을 눈으로 붙들고 연필로 끌어와 내 안에 가두는 과정이 필요하다.

·

책을 기억하기 위해서뿐만 아니라 글 쓰는 습관을 들이고 싶은 사람에게도 필사를 권한다. 글을 어떤 말로 시작해서 어떻게 매듭지어야 할지 막막할 땐 필사부터 하면 좋다. 그저 물 흐르듯 끄적이며 쓰는 사람이 지닌 생각의 흐름 속에 몸을 맡긴다. 완벽한 문장의 힘을 빌려 대단한 걸 쓰고 있다는 착각에도 빠져본다.

누군가의 작품을 따라 하는 게 과연 도움이 될까 싶을 수도 있지만, 사실 우리가 알고 있는 위대한 예술가 중 많은 이들이 모작을 즐겨했다. 대표적인 예로 1888년 9월 고흐가 동생 테오에게 보낸 편지에서 그가 모작을 행한 이유를 알 수 있다. "일본 화가들이 모든 작품에서 그토록 분명하게 표현하는 것이 부럽다. 그 분명함은 따분하거나 성급해 보이지 않는다. 그들의 작품은 숨 쉬는 듯 단순하고, 조끼의 단추를 채우는 것처럼 손쉽게, 몇 개의 대담한 획만으로 인물을 표현한다. 아, 나도 몇 개의 획만으로 인물을 표현하는 연습을 해야 할 것이다. 이 일로 이번 여름은 바쁠 것 같다."

1퍼센트의 영감을 타고난 천재라면 더할 나위 없이 좋겠지만, 99퍼센트의 노력을 통해 자신을 발전시킬 의지가

있다면 필사가 답이 될 수 있다. 시간을 들여 쌓아온 종이의
무게가 쓰는 생활에 자양분이 되어줄 것이다.

→ 나의 경우,

클릭 몇 번이면 복사와 붙여넣기가 가능한 시대에
노트와 펜으로 글을 옮겨 적는 것은 효율성을 저버리는
일처럼 보일 수 있지만, 사실 필사는 누군가 수천 번
고민했을 문장을 내 것으로 만드는 가장 쉬운 방법이다.
낙서하듯 끄적이며 따라 쓴 활자들은 나의 쓰는 생활에
자양분이 되어줄 것이다.

나를 행복하게 해주는 시간

살다보면 머리를 무겁게 짓누르는 생각을 덜어내고 마음에 쌓인 먼지를 털어내고 싶을 때가 있다. 우리는 따뜻한 물로 샤워를 하며, 달리는 차 안에서 바람을 맞으며, 일주일 치 식재료를 다듬으며 일상의 묵은 때를 벗겨낸다. 나는 내게 어떤 방법보다 빠르게 먹히는 지름길을 알고 있는데, 바로 청소다.

혼자 밥을 먹고 혼자 일을 하며 혼자서 모든 걸 해결해야 하는 프리랜서는 하루에도 몇 번씩 감정이 널을 뛴다. 특히 점심을 먹기 전까지의 오전 시간이 힘들다. 오늘 하루가 많이 남았다는 생각은 나를 한없이 게을러지게 만든다. '어서 일해'라고 말하는 나와 '조금 놀다가 오후에 더 열심히 일하면 되지'라고 속삭이는 나, 두 자아가 싸운다. 그러다 가끔은 불쑥 자기혐오가 밀려온다. 나는 왜 부지런하지 못할까. 다음 달에 일이 들어오지 않으면 어쩌지. 이 일을 언제까지 할 수 있을까.

이런 사태를 미연에 방지하기 위해 나는 매일 아침 청소를 한다. 내가 좋아하는 가수는 우울감이 짙어질 때면 그 감정에 속지 않기 위해 바로 몸을 움직인다고 말했다. 그런 의미에서 청소는 내게 단순히 집을 깨끗하게 만드는 목적을 넘어, 끊임없이 물고 늘어지는 생각의 꼬리를 오려내고 가벼운 성취로 하루를 시작할 동력을 얻는 일이다.

'청소는 해도 해도 끝이 없다', '어차피 금방 더러워져서 청소를 안 하게 된다.' 사람들이 청소에 대해 흔히 하는 말이다. 청소를 할 엄두가 안 나는 이유는 정리가 안 되어 있기 때문이다. 내가 생각하는 정리의 기본은 세 가지다. 필요한 물건만 남기고, 물건에 자리를 정해주고, 사용 후엔 항상 제자리에 두는 것. 이 세 가지만 지키면 엉망이 된 집을 보며 한숨을 내쉬는 상황은 면할 수 있다.

이런 밑바탕을 기본으로 나는 매일 아침, 커피 한 잔을 마시며 좋아하는 음악을 틀어놓고 청소를 시작한다. 음악은 꽤 신중하게 고르는데, 그날 처음 듣는 음악이 하루의 기분을 만들어주기도 하기 때문이다. 보통 스탄 게츠와 주앙 질베르토의 LP를 많이 듣는다. LP 위에 바늘을 올려두고 모든 방의 창문을 열어 환기를 시킨다. 먼지떨이를 꺼내 구석구석 먼지를 떨어낸 다음 청소기를 민다. 매일 앉아 작업하는 책상 위는 더 신경 써서 걸레질한다. 일주일에 한 번 정도는 물청소를 하고, 주기적으로 청소기를 분해해서 묵은 먼지들을 비워낸다. 청소신이 내려온 날엔 세면대와 싱크대 청소까지 한다. 남은 커피를 들고 소파에 앉아 어딘가 모르게 환해진 집 안을 바라보며 흐뭇해하는 일까지가 청소의 마무리다.

외부 일정이 있는 날엔 꼭 준비 시간을 넉넉하게 잡는다. 적어도 한 시간 반. 약속 시간에 미리 도착하는 걸 좋아하기도 하지만 외출 전에 청소를 하는 내 오랜 습관 때문이다. 이 습관은 회사에 다니던 시절에 생겼다.

나에게 하루 중 어느 시간이 가장 소중하냐고 묻는다면 고민 없이 밤의 시간이라고 말할 것이다. 세상에 혼자 남은 듯 고요하고 캄캄한 밤에만 느낄 수 있는 편안함이 있다.

그날 처리해야 할 일이 머릿속을 떠다니는 오전엔 온전히 나에게 집중하기 어렵다.

밤의 시간은 좋아하는 것을 마음껏 좋아할 수 있는 시간, 굳은 몸과 마음의 긴장을 풀고 호흡을 가다듬는 시간이다. 하지만 통근 시간이 편도 한 시간 이상이라는 것은 야근이라도 하는 날이면 집에 돌아와 밥만 먹어도 잘 시간이 된다는 걸 뜻했다. 마냥 기뻐해도 모자랄 퇴근길에 한숨이 절로 나온다. 고된 몸을 이끌고 드디어 집에 도착했는데 눈에 거슬리는 것은 왜 그리도 많은지. 싱크대에 쌓인 그릇, 건조대에 걸려 마른 지 오래된 빨래, 평일 내내 쌓인 먼지를 보면 꼭 헝클어진 내 마음을 들여다보는 것 같아 불편했다.

그러던 어느 날, 매일 출근 전에 청소를 한다는 블로그 이웃의 글을 봤다. 가장 먼저 든 생각은 '10분이라도 더 자야지 청소를 한다고?'였지만, 글을 읽을수록 점점 고개를 끄덕이게 됐다. 그의 말인즉슨, 출근하기 전에 청소를 하면 퇴근하고 집안일에 스트레스 받을 필요 없이 마음 편히 쉴 수 있다는 것이었다. 너무도 맞는 말이었지만, '아침 청소'라는 게 생소했던 내겐 큰 도전이었다.

다음 날 평소 기상 시간보다 20분 먼저 일어나 청소를 하고 출근했다. 청소라 해도 거창할 것 없이 책상 위 물건을 치우고 바닥 물걸레질을 하고 아침에 먹은 그릇을 설거지하는 정도였다. 하필 회사에서 팝업스토어를 열어 하루종일 서서 물건을 판매한 날이었다. 말을 많이 했더니 목이 따끔거리고 다리는 당장이라도 앉게 해달라며 비명을 지르는 듯했다.

평소보다 세 배는 더 지친 몸을 만원 지하철에 싣고 집에 도착해 문을 열었던 순간을 나는 아직도 잊지 못한다. 깨끗하게 정돈된 방과 차분하게 내려앉은 집 안의 공기가 어서 와서 쉬라며 두 팔 벌려 환영하는 듯한 그 기분을. 일에 치여 아침에 청소한 사실조차 잊고 있었더니 깜짝 선물이라도 받은 것처럼 기뻤다. 홈 스위트 홈은 정녕 이럴 때 쓰는 말이구나!

이런 경험은 사람을 변화시킨다. 세상 그 무엇보다 아침잠을 소중하게 여기던 나는 8시까지 출근하는 날이면 5시 30분에 일어나 청소를 하는 사람이 됐고, 덕분에 그토록 아끼는 밤의 시간을 지킬 수 있었다.

한때 다섯 식구가 사는 집에 일주일에 한 번 청소를 해주시는 분이 왔다. 엄마는 그분을 매니저님이라고 불렀고,

또 다른 표현으로 '나를 행복하게 해주는 사람'이라고 말했다. 노동의 대가로 돈을 지불하지만 그것과는 별개로 집에 돌아오는 순간을 행복하게 만들어주는 사람이라며 살뜰하게도 그분을 챙겼다. 나는 이제야 엄마의 마음을 이해한다. 어릴 적 내가 청소를 해놓으면 퇴근한 엄마가 왜 그리도 칭찬을 했는지, 엄마아빠는 왜 그렇게 설거지 때문에 싸웠는지 알 것 같다.

청소淸掃는 맑을 청에 쓸 소를 쓴다. 더럽고 어지러운 것을 쓸고 닦아 맑게 만든다는 뜻이다. 우리가 맑게 유지해야 하는 것이 집이나 물건만은 아닐 것이다. 오늘만큼은 귀찮더라도 잠시 일어나 스스로에게 '나를 행복하게 해주는 사람'이 되어 보면 어떨까.

청소를 할 때,
나는 내게 '나를 행복하게 해주는 사람'이 된다.

고단한 일정이 예정된 하루.
딱 20분 일찍 일어나
집을 간단히 청소해 보자.
저녁에 돌아오면,
아침의 내가 준비해 둔 선물에
쉽게 행복해질 것이다.

한 주를 살아갈 힘은 어디서 올까

지금은 요리를 꽤 즐기는 편이지만, 자취를 갓 시작했을 무렵만 해도 밥을 해 먹는다고 하면 가족들이 콧방귀를 뀔 만큼 나는 요리에 취미가 없었다. 레시피만 따라도 본전은 뽑는다는 라면도 자신 없었다고 말하면 짐작이 될까. 이런 내가 요리를 하게 된 이유는 상황이나 누구의 강요를 따른 것이 아닌 순전히 재밌어 보여서다.

스물세 살에 자취를 하던 친구가 나를 집에 초대했을 때였다. 당시 다른 친구들의 자취방에 방문하면 배달 음식을 시켜 술을 마시는 게 당연했기에 나는 편의점에서 와인 몇 병을 사서 놀러 갔다. 그런데 남들 집에 있는 냉장고 크기보다도 작은 주방에서 친구가 내놓는 음식들이 심상치 않앗다. 양파와 아스파라거스(이때만 해도 웬 대나무를 구워왔나 했다)를 곁들인 부챗살 스테이크와 토마토 카프레제, 그리고 오일 파스타였다. 생모차렐라 치즈와 토마토가 만나면 황홀한 맛이 난다는 것도, 바질이 향긋하다는 것도, 집에서 구운 스테이크가 부드러울 수 있다는 것도 그때 알았다.

아르바이트를 끝내고 놀러 가면 친구는 달짝지근한 양념장에 재운 항정살과 재료를 의심하게 만들 정도로 중독성 강한 부추무침을 내왔고, 어떤 날은 직접 튀긴 바삭한 튀김에 매콤달콤한 소스를 두르고 땅콩까지 부숴 올린 닭강정을 만들어줬다. 친구는 요리 솜씨뿐만 아니라 뛰어난 플레이팅 실력까지 갖춘 예술가였다. 다이소에서 천 원 주고 산 접시로 식탁을 채워도 친구가 만든 요리가 올라가면 고급 레스토랑에 온 것 같았다. 나는 자취를 하면서부터 곁눈질로 배워온 레시피를 하나씩 따라 하기 시작했고, 덕분에 이제는 내가 만든 김치찌개나 양배추 파스타를 맛있게 먹는 친구를 흐뭇하게 바라보는 일도 종종 생긴다.

나는 계절을 느낄 수 있는 식탁을 좋아한다. 자취 5년 차를 넘기며 나름의 요리 철학도 생겼다. 재료 본연의 맛을 최대한 살리되 요리에 흥미를 잃지 않도록 레시피는 간단하게. 봄에는 달래장과 냉이 파스타, 여름엔 초당옥수수 솥밥, 가을엔 표고버섯 무밥, 겨울엔 토마토 스튜를 자주 먹는다. 생으로 먹어도, 익혀 먹어도 맛있는 양배추는 사시사철 냉장고에 떨어지는 날이 없다.

내가 먹는 음식만큼 현재 내 상태를 잘 보여주는 것도 없다. 몸도 마음도 여유가 없어 자신을 돌보지 못하는 시기가 되면 끼니는 챙기는 게 아니라 때우는 것으로 전락한다. 이때 끼니는 '나'라는 단어로 바꿔도 일맥상통한다. 끼니를 챙기는 것은 나를 챙기는 것이고, 끼니를 소홀히 하면 나도 소홀히 하기 쉽다.

나를 소홀히 할 때, 온 감각을 깨우는 소리와 냄새로 부지런히 주방을 채우고 식탁에 앉아 좋아하는 영화를 보며 음식을 음미하는 행복은 잊히고 집 안에 쌓인 플라스틱 용기나 인스턴트 포장지를 보며 한숨을 내쉬는 내가 남는다. 나를 방치하고 있다는 기분은 도저히 익숙해지지 않고 매번 나를 반성하게 만든다.

나 한 사람 챙겨 먹이기도 벅찬 게 삶이라지만 그럼에도 내가 아니면 누가 나를 챙길까. 일주일에 한 번이라도 입맛을 돋울 만한 메뉴를 고민하고, 장을 보고, 간에 맞게 요리를 해서 나를 대접하는 시간을 가져본다. 또 한 주를 살아갈 힘을 얻기 위해서다.

나를 위해 정성스러운 한 끼를 대접하는 것만큼,

요리에 흥미를 잃지 않도록 레시피를 간단하게 하는 것이

중요하다.

내일 먹을 메뉴를 고민할 누군가를 위해 자주 해먹는

레시피 몇 가지를 소개한다.

1. 김치 칼국수

오늘 비 소식이 있다면 저녁 메뉴는 김치 칼국수가 어떨까. 묵은지 1/4포기 정도를 준비하고 1인용 냄비에 멸치 육수를 낸다(요즘은 편하게 코인 육수를 쓴다). 육수에 썰어둔 김치를 넣고 고춧가루 한 스푼, 다진 마늘 약간을 넣고 김치가 어느 정도 익을 때까지 끓여준다. 그 다음 시판 칼국수 면을 밀가루를 털어주고 넣는다. 면이 반쯤 익었을 때 청양고추, 팽이버섯을 올려 마저 끓여주면 완성. 우동 면이나 수제비를 넣어도 맛있다.

2. 토마토 스튜

넉넉한 냄비에 올리브유를 두르고 양파와 다진 마늘 반 스푼을 약불에 볶는다. 양파가 노릇해지면 소고기나 새우, 비건 완자 등 원하는 주재료를 넣어 볶는다. 재료가 반쯤 익으면 홀토마토 한 캔, 잘게 썬 양배추와 방울토마토 다섯 개, 물 한 컵을 넣고 치킨스톡 한 스푼과 소금 한 꼬집으로 간을 한다. 뚜껑을 닫고 중불에 30분 정도 끓이며 중간중간 바닥이 눌어붙지 않게 저어준다. 먹어 보면 겨울에 자주 만드는 이유를 알 수 있을 것이다. 토마토는 생으로 먹을 때보다 익혀 먹을 때 더 많은 영양분을 섭취할 수 있다고 하니 금상첨화다.

3. 양배추 덮밥

양배추 1/4통과 버섯, 양파, 파프리카 등 냉장고에 있는 재료를 함께 꺼내 먹기 좋게 썬다. 달군 팬에 기름을 두르고 대파를 넣어 향이 올라올 때까지 볶는다. 여기에 양배추와 준비한 재료를 넣고 굴소스 반 스푼과 후추를 넣어 숨이 죽을 때까지 볶는다. 갓 지은 밥 위에 양배추 볶음과 달걀 프라이 한 개를 무심하게 올리고 참기름 두 바퀴를 두른 후 깨를 듬뿍 넣으면 끝. 간단하고 맛있는데 저녁에 먹어도 속이 편안하다. 많은 후기로 검증된 레시피다.

4. 가지 멜란자네

간단한 와인 안주가 필요하다면 가지 멜란자네를 추천한다. 우선 칼이나 감자칼로 가지를 세로로 얇게 썰어 센 불에 앞뒤로 살짝 굽는다. 구운 가지 위에 리코타 치즈를 올리고 돌돌 말아준다. 넓적한 그릇에 따뜻하게 데운 토마토 소스를 깐 뒤 가지말이와 바질을 찢어 올리고 치즈(그라나 파다노나 모차렐라를 주로 쓴다)를 갈아서 뿌려준다. 리코타 치즈를 집에서 만드는 날엔 저녁은 항상 가지 멜란자네다. 손님들에게 내놓으면 반응이 좋은 메뉴다.

21세기의 니체, 칸트, 버지니아 울프

프리드리히 니체, 이마누엘 칸트, 장 자크 루소, 리베카 솔닛, 버지니아 울프, 무라카미 하루키, 헨리 데이비드 소로……. 걷기를 예찬한 예술가를 전부 언급하기엔 지면이 부족하다. 특히 니체는 자기가 쓴 책 속의 거의 모든 생각이 걷는 중에 떠올랐다고 고백했고, 리베카 솔닛은 걷기라는 행위가 인간에게 갖는 의미를 책으로 엮기도 했다. 그들은 걸으며 생각하고 걸으며 치유하고 걸으며 가능성을 얻었다.

내가 첫 걸음마가 아니라 좀 더 철학적인 의미의 걷기를 시작한 건 10여 년 전으로 거슬러 올라간다. 우리 가족은 내가 고등학교 1학년 때 구미에서 상경해 분당의 빌라촌에

터를 잡았다. 한 사람이 겨우 다리를 뻗고 누울 수 있는 크기의 거실과 두 개의 방이 있는 집은 다섯 식구가 서로의 공간을 지켜주기엔 턱없이 비좁았다. 어쩌면 당연한 수순으로 우리는 매일 싸웠다. 누가 누구의 옷을 입어서, 누가 누구의 일기장을 훔쳐봐서, 누가 공부하는데 누가 노래를 불러서 싸웠다.

밥을 먹고 잠을 자야 하는 집에서 숨이 잘 쉬어지지 않았다. 언젠가부터 집에 들어가기 전에 친구의 휴대전화를 빌리거나 공중전화로 전화를 걸었고, 연결음 끝에 가족 중 누군가의 목소리가 들리면 전화를 끊고 독서실이나 친구집, 그것도 안 되면 공원으로 발걸음을 돌렸다. 집 근처엔 율동공원이라는 이름의 공원이 있었는데, 속이 터질 것처럼 답답하거나 갈 곳이 없다고 느껴질 때면 그곳에서 호수 주변을 걸었다. 목적지에 가기 위한 걷기가 아니라 걷기를 위한 걷기를 시작한 것이다. 걸으면 걸을수록 생각이 가벼워진다는 걸 몸은 알고 있었던 걸까.

나는 걸음걸음마다 나의 걱정, 분노, 애증, 불안을 빵 조각처럼 조금씩 떼어버릴 수 있었다. 그러다 보면 어지럽게 소용돌이치던 마음은 어느새 내 곁의 호수처럼 잠잠해지고 생각은 어떤 방향으로든 정리가 됐다. 한 바퀴에 30분 정도 걸리는 호수를 세 바퀴쯤 돌다보면 집으로 돌아가 가족들의 얼굴을 볼 수 있었다. 그 공원이 나뿐만 아니라 다섯 가족 모두의 도피처였음을 알게 된 건 꽤 오랜 시간이 흐른 뒤의 일이다.

작년에 두 번의 발 부상으로 걷지 못하는 동안 나는 너무 많은 습기를 머금고 썩어가는 식물의 뿌리가 된 기분이었다. 걷기와 나의 역사에 대해 말하자면 사흘 밤낮이 모자랄 만큼 나는 걷기에 대해 할 말이 많은 사람이다. 걷기가 원한다면 평생 써본 적 없는 러브레터도 기꺼이 쓰겠다. 그렇게 좋아하는 음악도 가끔은 방해가 될 정도로 우리는 끈끈한 사이지만, 얼마 전부터 이런 걷기와 나 사이를 비집고 들어온 것이 있다. 바로 줍기다.

플로깅은 스웨덴어 '플로카 업plocka upp(줍다)'과 '조가 jogga(조깅하다)'를 합성하여 만든 '플로가plogga'의 명사형으로, '쓰레기를 주우며 조깅하기'라는 의미다. 불과 몇 년 전까지만 해도 생소한 단어였지만 이젠 인스타그램에 플로깅이라는 해시태그를 단 게시물만 해도 10만 개를 훌쩍 넘었고, 기업이나 단체에서 앞장서 행사를 진행하기도 한다.

건강과 환경을 동시에 지킬 수 있는 이 운동은 준비물도 간단하다. 쓰레기를 담을 봉투와 목장갑(혹은 집게)만 있으면 된다. 한국에서는 '줍다'와 '조깅'을 결합한 '줍깅'이라는 단어를 사용하기도 하는데, 사실 나는 줍깅 보다는 줍킹(줍다+워킹walking)이라고 불러야 한다고 주장한다. 경험해 본 사람은 알겠지만 쓰레기를 주우며 조깅을 한다는 건 '흐린 눈'을 장착하지 않는 이상 불가능에 가깝기 때문이다.

사실 플로깅을 하다 보면 회의감이 밀려오는 순간이 생긴다. 반 걸음 떼기가 무섭게 새로운 쓰레기가 눈에 들어온다. 담배꽁초와 음료가 잔뜩 남은 캔, 어느 순간부터 단골 쓰레기가 된 마스크, 누가 봐도 의도적으로 버린 게 분명한 배달 용기를 줍다 보면 걷기는커녕 밀레의 〈이삭 줍는 사람들〉처럼 등이 굽은 채로 굳어지는 게 아닐까 싶다. 그러다 보면 단전에서부터 화가 올라오고, '줍는 사람 따로, 버리는 사람 따로 있나', '이게 의미가 있을까'라는 생각이 저절로 든다.

행위의 의미에 회의를 느끼기도 하지만, 결국 마음을 가다듬는다. 사람은 미워하되 지구는 미워하지 말자고. 그렇게 이런저런 생각에 심취하다 보면 어느새 채워진 걸음 수를 발견한다. 묵직해진 봉투를 들고 집으로 돌아가는 길에는 평생을 해만 끼쳐온 지구에 조금은 마음의 빚을 갚은 것 같은 기분이 든다.

특히 걷는 습관을 만들고 싶은 사람들에게 플로깅을 적극 추천한다. 우리가 걷지 않는 이유는 걸어서 갈 목적지가 없거나 걸어야 하는 이유를 모르겠기 때문이다. 플로깅은 이 모든 걸 만들어 준다. 편식하는 아이에게 남긴 음식은 죽어서 다 비벼 먹는다고 말하는 레퍼토리가 몇 세대에 걸쳐 이어지듯, 이제는 우리가 과거에 만든 쓰레기를 주워 담아야 할 때라고 생각하며 집을 나선다. 목적지는 정할 필요 없다. 일단 집을 나서면 길을 따라 이어진 쓰레기가 이정표가 되어줄 테니까.

누군가 인생 영화를 물어보면 망설임 없이 〈월-E〉라고 말한다. 영화 속 배경은 쓰레기와 먼지로 뒤덮인 지구다. 무책임한 인간들은 폐허가 된 지구를 버리고 우주선을 만들어 떠났고, 지구에 홀로 남은 로봇은 700년 동안 자신이 맡은 임무를 충실히 수행하고 있다. 주인공 월-E는 '지구

폐기물 수거-처리'를 위해 만들어진 착실한 일꾼이다. 그가 주섬주섬 모아 정육면체로 압축한 쓰레기 큐브는 거대한 산을 이루고 있어 수백 년의 외로운 시간을 짐작하게 한다.

영화는 청소 로봇 월-E가 우주에서 보낸 식물 탐사 로봇 이브와 만나 인간들이 거주하는 우주선에 방문하며 펼쳐지는 이야기를 담고 있다. 배경은 암울한 디스토피아지만 월-E가 삶을 향유하는 방식은 보기만 해도 미소가 지어질 만큼 천진하고, 그래서 낭만적이다. 그는 거대한 쓰레기 섬이 된 지구에서도 음악과 영화를 즐기고 소중한 것을 찾아 수집하며 사랑을 꿈꾼다. 고전 로맨스 영화 속 손을 맞잡고 노래하는 연인을 보며 기계손을 곱게 포개어 꿈꾸는 듯한 얼굴을 하는 월-E의 모습은 타성에 젖은 나를 불러세운다. 쓰레기 더미에서도 삶을 찾아내는 로봇을 통해 삶의 결핍을 돌아본다.

내가 인생 영화라고 이야기하면 보통은 "그거 애니메이션 아니야?"하며 놀라는 반응을 보이곤 한다. 하지만 〈월-E〉는 내가 아는 최고의 사랑 영화일 뿐만 아니라, 환경에 대한 메시지를 낭만과 함께 풀어냈다는 점에서 그 가치가 충분하다. 플로깅 끝에 가득 찬 봉투를 볼 때면 쓰레기를 버리다 못해 지구까지 버리고 로봇처럼 사는 인간과, 인간이 버린 공간에서 인간보다 인간답게 사는 로봇 월-E를 떠올리며 골똘해진다. 앞으로 인간은 모두 '지구 폐기물 수거-처리'라는 의무를 가져야 하는 게 아닌가, 하고 말이다.

걷는 습관을 만들고 싶지만

쉽게 발걸음이 떨어지지 않는다면

플로깅을 추천한다.

우리가 과거에 만든 쓰레기는

우리가 걸어야 하는 이유와

나아갈 방향을 알려줄 것이다.

영혼 탈출이 필요한 시간

니체는《차라투스트라는 이렇게 말했다》에서 이렇게 말한다.

너의 고독 속으로 달아나라! 위대한 일은 한결같이 시장터와 명성에서 멀리 떨어진 곳에서 이루어진다.

유명한 분의 맞는 말인 건 알지만, 사회적 동물인 사람이, 그것도 소셜미디어가 기본이 된 이 시대에 고독 속으로 달아나기란 쉽지 않아 보인다. 굳이 누군가와 직접 소통하지 않더라도 우리에겐 유혹이 너무도 많으니 말이다. 단적인 예로 나는 최근 유튜브 쇼츠에 빠져 자기 전 핸드폰을 손에서 놓기 힘들었다. 쇼츠를 볼 때 인간의 뇌는 마약을 할 때와 비슷한 상태가 된다더니 알고리즘이 진정한 개미지옥을 만들었다. 1분도 채 안 되는 영상을 엄지로 몇 번 넘겼을 뿐인데 한두 시간은 우습게 지나있고, 도둑맞은 시간에 비해 딱히 기억에 남는 건 없으니 말이다.

과식을 한 뒤 더부룩해진 배를 두드리며 후회하는 것처럼, 과부화된 머리가 유독 무겁게 느껴지는 날이 있다. 생각이 생각을 낳고 그 생각이 생각을 낳아 가끔은 몸이 생각에 점령당한 것 같다. 물건을 비우듯 시간을 내서라도 머리를 비워야 할 때라는 걸 실감한다. 명상이 필요한 순간이다.

명상이라고 하면 막막하게 느껴질 수 있지만 지금이 어떤 시대인가. 의식주를 핸드폰 하나로 해결할 수 있는 시대엔 명상도 애플리케이션의 도움을 받을 수 있다. 요즘 다양한 명상 애플리케이션이 나오는데, 내가 사용하는 것은 'Calm'이다. 유료 결제를 해야 하지만 2년 넘게 사용하고 있는 이유는 간편하고 부담스럽지 않아서다. 하루를 여는 아침, 일에 골머리 앓는 오후, 자기 전 침대 등 언제 어디서든 쉽게 명상을 할 수 있다. 시간도 1분부터 40분대까지 다양하고 출퇴근길, 깊은 집중, 스트레스 관리 등 테마를 고르는 재미도 있다.

아침에 눈을 뜨면 간단한 스트레칭을 하고 침대 위에 앉아 바로 애플리케이션을 켠다. 오늘을 또 살아내야 하는 나를 위해 '불안 다스리기', '편안하게 마음을 열고 존재하기' 같은 테마를 골라 재생한다. 양손은 무릎 위에 가볍게 올려놓고 편안한 음악과 목소리가 이끄는 대로 따라간다. 24시간 중 딱 10분 남짓의 시간이라도 오로지 호흡에 몸을 맡겨본다. 들숨과 날숨에 집중하는 일은 나를 과거나 미래가 아닌 현재에 머무르게 한다. 명상은 정신을 위한 따뜻한 목욕이라는 말처럼 이내 심신이 말랑하고 노곤해진다. 그건 내가 하루를 가뿐하게 시작할 자신감이 되고 무엇이든 포용할 마음의 공간을 마련해 준다.

보통 명상은 오전에 하지만 본능적으로 잠이 안 올 거란 경고등이 켜지는 저녁엔 바닥에 요가 매트를 펼친다. 늦은 시간에는 애플리케이션을 켜지 않고 스스로 머리를 비워본다. 숲을 닮은 아로마 향 스프레이를 뿌린 후 매트에 앉아 아침과는 달라진 저녁의 내 모습을 들여다본다. 숨을 깊게 들이쉬고 끝까지 내쉬며 오늘 치 감정 찌꺼기를 걸러낸다. 충분하다고 느껴지면 눈을 뜨고 하루를 안온하게 갈

무리한다.

명상을 하는 동안 나는 내가 낯설다. 낯설어져야 깨닫는 것들이 있다. 이유 없이 힘을 주고 있던 미간과 턱의 근육, 나를 짓누르고 있던 긴장과 불안, 내 안을 부유하는 부정적인 생각들이 생경하게 다가온다. 명상을 지인에게 추천하며 나는 '영혼 가출'이라는 표현을 사용하곤 하는데, 내게 명상은 드라마나 영화 속 장면처럼 몸에서 영혼이 빠져나와 나를 주의 깊게 관찰하는 것, 공장처럼 끊임없이 작동하는 생각 회로의 주체가 아닌 객체가 되어보는 일이기 때문이다.

물건이 바로 앞에 있을 때는 초점을 맞추기 어렵듯, 나자신을 더 정확히 보기 위해서는 거리를 둘 필요가 있다. 이것을 가장 쉽게 할 수 있는 방법이 명상이다. 나는 명상을 하기 위해 애플리케이션에서 재생 버튼을 누르지만, 일상에서는 정지 버튼이 눌린다. 숨 가쁘게 흘러가는 시간 속에서 잠시 멈춤을 선택하고 숨을 고른다. 끊임없이 내가 놓친 것과 붙잡아야 할 것에 대해 생각하던 머리를 비운다. 그 안에서 배운다. 멈춘다는 건 뒤처지는 게 아니다. 오히려 땀을 식히며 다시 뛸 기운을 모으는 일이다.

이쯤에서 고백할 것이 있다. 이토록 좋은 게 명상이라지만 나는 명상을 매일 하지 않는다. 아침에 일어나자마자 해야 할 일을 처리하고, 자기 전엔 책 한 줄이라도 더 읽고 싶은 날이 있기 때문이다.

처음 명상의 필요성을 인지했을 땐 유튜브에 검색해서 조회수가 높은 20분짜리 영상을 틀어놓고 앉아 있었다. 명상은 인생을 바꾼다고 유명한 사람들에게 귀에 딱지가 앉도록 들었건만, 이건 재미가 없어도 너무 없었다. 자꾸만 실눈을 뜨고 시계를 봤다. 가만히 앉아 있어야 하는데 피부가 찌릿하고 간지러운 기분이 들었고, 핸드폰할 땐 잘만 흐르던 시간이 이렇게 안 갈 수가 없었다. 말이 좋아 명상이지 온갖 잡생각에 빠져 허우적거리다 끝이 났다. 매번 명상이란 이름의 단단하고 높은 벽을 실감하며 '역시 명상은 나랑 안 맞나 보다'라고 생각했고, 일주일 정도 지속하다 그만두었다.

내 후일담을 들은 지인이 명상 애플리케이션을 추천하며 1분짜리 명상부터 해보라고 조언했다. 부담이 줄어드니 시작도 한결 가벼워졌다. 부담을 줄인 김에 이틀에 한 번으로 횟수를 줄이고, 대신 시간을 조금씩 늘려갔다. 1분도 지속하기 어렵던 '아무것도 하지 않는 시간'이 나중엔 15분을 넘겼다.

나는 명상을 하며 비로소 순간에 집중하는 방법을 익혔다. 시도해 본 적이 없었기 때문에 명상을 하기 전엔 그게 얼마나 어려운 일인지 몰랐다. 밥을 먹을 때 예능을 보지 않고 씹고 삼키는 행위에 집중하고, 사이클을 탈 때 유튜브를 보지 않고 발의 움직임에 집중하고, 산책을 할 때 음악을 듣지 않고 나와 주변에 집중하는 일이 가능해질 때의 쾌감이란 이루 말할 수 없는 자유의 영역이었다.

나는 이제 명상에 규칙을 정해두지 않는다. 원할 땐 일주일 내내 하다가도 일주일 넘게 안 할 때도 있다. 어떤 일을 습관으로 정착시키기 위해선 자신에게 맞는 방식을 찾는 것이 가장 중요하다. 꼭 해야 한다는 생각은 하지 못하는 이유가 되기도 하기에 필요한 순간에 적절히 이용하자는 게 내 지론이다.

세상에서 느리게 흘러가는 게 나뿐이라고 느껴질 때, 누군가의 말 한마디가 내 안을 떠돌 때, 해결할 수 없는 문제

앞에서 초연하지 못한 자신을 발견할 때, 머리 위에 깜빡이가 켜지며 감정이 나를 대신해 살고 있다는 걸 알리는 순간마다 나는 삶에 대한 유연성을 원하는 마음을 담아 기도하듯 명상을 한다.

흔히 명상을 '마음 챙김'이라고 하는데, '챙기다'는 필요한 물건을 갖추는 일과 어떤 것에 특별한 관심을 가지고 보살펴 주는 일을 말한다. 우리가 성심을 다해 챙기고 싶은 마음이란 무엇일까. 내 생각, 감정, 기억을 담고 있는 마음. 잎새에 이는 바람에도 흔들리는 마음. 내 마음 같지 않은 마음. 가끔은 누군가에게 주기도 하는 마음. 죽을 때까지 알 수 없을 것 같은 마음. 타인이 아닌 나 자신에게도 할퀴어지는 마음. 그럼에도 자신을 믿고 내일을 살게 하는 마음. 마음에 관해 무엇을 떠올려도 특별히 관심 가지고 보살피지 않을 이유가 없다.

잎새에 이는 바람에도 흔들리는 마음,

내 마음 같지 않은 마음,

가끔은 누군가에게 주는 마음,

죽을 때까지 알 수 없을 마음,

그럼에도 자신을 믿고 내일을 살게 하는 마음.

마음은 우리가 가장 잘 챙겨야 할 무언가이다.

　　　　마음에 초점을 맞추기 위해서는

　　　　적당한 거리를 두어야 한다.

　　　　주체가 아닌 객체가 될 때,

　　　　나는 나를 더 잘 들여다볼 수 있다.

작은 실천에 대한 큰 칭찬

많은 이들에게 꿈의 여행지로 꼽히는 아이슬란드를 두 번 다녀왔다. 한국에는 직항이 없고 투어 신청이나 렌트카 대여가 필수이며 물가까지 비싼 섬나라를 두 번이나 방문한 이유는 그곳에서만큼은 나 또한 자연의 일부라고 느끼기 때문이다. 아이슬란드에 머무는 동안 친구와 가장 많이 한 말은 '와', '미친', '대박' 같은 감탄사, 그 다음은 '행복해', 그 다음은 '인간이 뭐라고'가 아닐까 싶다.

넓디넓은 세상 속에 자그맣게 존재하는 인간이 대체 뭐라고 수 세기를 통과한 빙하를 녹이고 파란 하늘을 회색 먼지로 뒤덮으며 자연의 생리를 거스르는 것일까. 이런 생각은 빌딩숲이 가득한 일상으로 돌아오면 곧 희미해지지만 가끔은 피부로 느껴지기도 한다. 좋아하는 트렌치코트를 얼마 입지도 못하고 넣어둬야 할 때, 올해는 유독 눈이 오지 않았다는 사실을 깨달았을 때 돌이킬 수 없는 변화를 실감한다. 꿀벌 77억 마리가 사라졌다거나, 탄소 배출량을 줄이지 않으면 30년 뒤에는 무더위가 3개월 내내 이어질 거라는 기사를 볼 때면 우리가 계절마다 당연하게 누렸던 일상이 사라질지도 모른다는 생각에 덜컥 겁이 난다.

조금(어쩌면 많이) 늦긴 했지만 다행히 위기 의식을 느낀 인간이 여럿이다. 이제 텀블러나 장바구니를 사용하는 사람을 흔하게 볼 수 있고, 정부는 일회용품 사용을 규제하는 법을 만들고, 친환경 포장재를 사용하고 비건 제품을 출시하는 기업도 늘었다. 우유팩에 붙은 플라스틱 빨대를 모아 기업에 보냈더니 얼마 지나지 않아 종이 빨대로 바뀌었다는 일화도 있다. 이제 친환경이 아닌 필환경의 시대라는 걸 누구도 반박할 수 없다.

우리가 할 수 있는 수천수만 가지의 실천 중에 나는 가장 쉽고 빠르게, 심지어 재밌게 할 수 있는 '친환경 제품 소비하기'에 대해 말하고 싶다. 당연히 환경을 위해선 소비를 멈추는 게 답이다. 친환경과 소비는 공존하기 어려운 단어인 것이 사실이다. 하지만 우리 생활에서 소비를 중단하는 일이 가능할까. 그러니 소비를 해야 한다면 적어도 환경에 덜 해로운 방향의 선택지가 있다는 이야기를 하고 싶다. 가짓수도 셀 수 없이 많지만 내가 최소 6개월에서 3년 넘게 사용하며 적극 추천하는 제품 몇 가지만 추렸다.

1. **실리콘 랩**

주방에서 많이 쓰는 비닐을 대체할 수 있는 친환경 제품이 꽤 출시되었다. 나는 물건을 선택할 때 친환경 다음으로 편리성을 따진다. 편하지 않으면 지속하기 어렵기 때문이다. 예를 들어 천에 천연 밀랍을 발라 굳혀서 음식을 포장할 수 있게 만든 '허니 랩'은 접착력을 위해 주기적으로 밀랍을 먹여줘야 해서 포기했고. 대체제를 찾다가 실리콘 랩을 발견했다.

탄성 좋은 실리콘으로 만들어져 밀봉이 잘 되고 세척이 간편하며 전자레인지 사용도 가능하다는 장점이 있다. 음식이 남았을 때 비닐 랩 대신 유용하게 쓴다.

2. 브리타 정수기

종종 친구들에게 하마나 식물이라고 불린다. 별명에서 짐작할 수 있듯 물을 많이 마시는 편이다. 자취를 처음 시작했을 땐 너무도 당연하게 플라스틱 생수를 사서 마셨는데, 1.5리터짜리 6개 묶음을 사도 일주일을 못 갔다. 열심히 분리수거를 해도 하루가 멀다 하고 쌓이는 플라스틱 페트병에 마음이 불편했다.

두 번째 자취를 시작하며 정수기 설치를 고민하는 나에게 친구가 브리타 정수기를 추천해 줬다. 보기엔 평범한 물병처럼 보이지만 내부에 필터가 있어서 수돗물을 깨끗하게 걸러준다. 특별히 설치하지 않아도 되고 쉽게 이동이 가능하지만 자주 세척해야 한다. 본체는 반영구적으로 사용하며 필터만 2개월에 한 번 정도 갈아주는데, 브리타 코리아는 필터를 수거해 재활용하는 서비스까지 제공한다. 가장 추천하는 자취 필수품이다.

3. 주물팬

보통 가정집에서 흔히 쓰는 코팅팬의 수명은 6개월에서 1년 사이, 길어야 3년이다. 코팅이 벗겨진 팬을 계속 사용하면 발암물질이 나온다는 건 널리 알려진 사실이지만 스테인리스팬이나 주물팬을 쓰자니 무게와 관리법이 걸렸다. 시즈닝이니 길들이기니 듣기만 해도 머리가 아파서 미루고 미뤘지만 결국 마지막 남은 코팅팬이 벗겨지는 걸 보며 주물팬 하나를 구매했다.

결론부터 이야기하자면 왜 지레 겁먹었나 싶을 만큼 별게 없다. 재료를 넣기 전에 충분히 예열해 주고 사용 후엔 뜨거운 물로 세척해서 중약불에 수분을 날린 후 마른 천과 포도씨유로 가볍게 코팅해서 보관하면 된다. 글로 쓰면 복잡해 보여도 금방 손에 익숙해진다. 당연히 코팅팬만큼 가볍거나 관리가 편하진 않지만 반영구적으로 쓸 수 있고 세제 없이 물과 스테인리스 수세미로만 세척해서 세제도 아낄 수 있다. 코팅팬에 비하면 거의 쓰레기를 만들지 않는다고 봐도 무방하다. 자연스러운 철분 섭취는 덤이다.

4. 천연 수세미

주방에서 흔히 사용하는 아크릴 수세미는 설거지를 할 때마다 조금씩 마모되며, 그렇게 생긴 미세 플라스틱은 접시에 남아 우리의 입으로 들어가고 하수구를 통해 하천으로 흘러간다. 심지어 사용 기간은 짧은 데 비해 썩는 데는 긴 세월이 필요하다.

천연 수세미는 박과에 속하는 식물을 건조해서 수세미로 쓸 수 있게 만든 제품이다. 잘라서 끈까지 달아 판매하는 제품도 있지만 경제적으로나 친환경적으로나 열매를 통으로 사는 게 좋다. 열매는 물에 적신 후 원하는 크기로 잘라 주방 수세미로, 보디 타월로, 비누 받침으로 다양하게 활용할 수 있다. 건조된 열매는 거칠고 딱딱하지만 처음에 30분 정도 물에 담구거나 한 번 삶아서 사용하면 된다. 쓰면 쓸수록 부드러워질 것이다.

유튜버라는 직업을 가진 뒤로 '나는 어떤 사람이다'라고 말하는 게 조심스럽다. '나는 환경을 생각하는 사람이다'라고 말한다는 건 앞으로 영상에서 플라스틱을 소비하거나 고기를 먹거나 환경에 대한 새로운 이슈를 알지 못하는 모습을 보이면 공격을 당한다는 뜻이라는 걸 알게 됐기 때문이다. PC충(정치적 올바름을 뜻하는 'Political Correctness'의 준말로 '프로불편러'를 뜻하는 단어인데 처음엔 뭔지 몰라서 '나 PC방 안

다니는데…?'라고 생각했다) 같은 표현을 들으면 힘이 빠지고 의욕이 사라지기도 한다.

그래도 계속해서 나는 환경을 위해 노력하는 사람이라고 말할 것이다. 내가 환경 문제에 있어 완벽하다고 생각해서가 아니라, 일상 브이로거인 내가 보여주는 작은 실천들이 사람들의 눈에 별것 아닌 일상으로 보이길 바라기 때문이다.

혹자는 '보여주기 식'이라는 말로 모든 노력을 폄하하지만, 보여주기는 무엇보다 중요하다. 그것은 동네 제로웨이스트 숍에서 포장 없이 찻잎을 구매하고, 하루 한 끼는 채식 밥상을 차리고, 재활용이 어려운 멸균팩과 우유팩을 잘 씻어 말린 후 수거센터에 전달하는 일을 특별한 이벤트가 아닌 매일 밥을 먹고 잠을 자는 것처럼 자연스러운 일상으로 자리 잡게 한다. 실제로 친구에게 "네가 하는 거 보면서 편의점에서 비닐을 거절하기 시작했어"라는 말을 들었을 때 내 생각이 틀리지 않았다는 걸 확신할 수 있었다.

아는 만큼 보인다는 잠언을 감히 부정할 수 있을까. 매일 택배 박스를 뜯는 것이 인생의 즐거움이며 늘 새것의 반짝거림만 좇던 시절이 있었다. 음식이 남으면 비닐을 툭 뽑아 담는 게 당연했을 때는 태양광으로 전기를 이용하고 휴지 대신 낡은 천을 쓰는 등 1년간 환경에 아무런 영향을 끼치지 않는 삶에 도전하는 사람의 이야기를 듣고도 무엇 하나 느낄 수 없었다(유난이란 생각도 조금은 했을지 모른다). 장거리 이동을 하기 전 따뜻한 차를 텀블러에 챙기던 친구의 모습, 냉동식품이 들어 있던 비닐을 깨끗이 씻어 말려 재사용하던 엄마의 손이 환경에 어떠한 의미를 지니는지도 알지 못했다.

이제는 보인다. 당장 유의미한 결과를 내거나 거창하지 않을지라도 자연의 일부로서 연결을 놓지 않으려는 작은 마음들이. 이미 있는 물건을 수명이 다할 때까지 오래오래 사용하고, 화장품을 살 때 동물 실험을 했는지 확인하고, 올바른 재활용법을 검색하고, 특별한 날 한 번쯤은 고기 대신 채식 식당을 예약하는 일이 단발적이고 사소하다고 해서 의미 없다고 말할 수 있을까.

사람은 절대 완벽할 수 없다. 하지만 완벽하지 않은 사람들이 시행착오를 거듭하기 때문에 세상이 더 나은 방향으로 나아갈 수 있다고 생각한다. 그러니 작은 실수를 골라내기보다는 작은 실천에도 크게 칭찬하며 각자의 방법을

편하게 공유할 수 있는 분위기를 만들면 좋겠다. 환경 문제
만큼은 사공이 모일수록 배가 제 갈 길을 찾을 거라 믿으며.

→ 나의 경우,

박과를 건조한 천연 수세미는 친환경적이면서도 경제적이다.

열매를 통으로 사서 잘라 주방 수세미, 보디 타월,

비누 받침 등 다양한 용도로 활용할 수 있다.

브리타 정수기는 사용 후 수명이 다한 필터는 모아두었다가

주기적으로 수거를 신청하는데,

브리타 코리아에 필터를 보낼 때는 이전에 받았던

택배 상자를 재활용한다.

나의 적정 용량을 찾아서

"당신이 무엇을 비울 것인지를 말해줘요.
그러면 당신이 누구인지 말해줄게요"

부족한 기억력은 나를 기록하는 사람으로 만들어주고,
일상의 빈틈은 기대하지 못한 즐거움을 허락한다.

비워진 자리는 새로운 소중함으로 채워질 가능성이다.

우리가 밤새 뒤척이는 이유

프리랜서의 장점이나 나만의 스트레스 해소법 같은 질문을 받을 때마다 머릿속에 떠오르는 것이 바로 잠이다. 잠에 대한 내 애정은 친구와 함께 쓴 나의 첫 책 《여생, 너와 나의 이야기》에서도 여실히 드러난다.

누구나 한 번쯤 모든 걸 놓아버리고 싶은 순간이 온다. 나는 간혹 기계의 스위치를 탁하고 끄듯, 세상과 단절되고 싶다고 느낀다. 내가 꿈이 아닌 잠이란 행위에 집착하는 이유도 그 때문이다. 나는 주기적으로 혼자가 되어야 하는 사람이다. 참으로 다행인 점은 사람은 잠을 자야만 살 수 있는 존재이며, 이 글을 마치면 나는 오늘 빨아 바삭하게 마른 베갯

잇에 얼굴을 묻을 수 있다는 것이다.

잠자리 환경이 바뀌어도, 아무리 신경 쓰이는 일이 있어도 베갯잇에 얼굴을 묻는 순간 바로 잠에 빠져들 수 있던 내가 불면증에 시달리게 된 건 가족과 함께 살던 집에서 나와 첫 자취를 시작한 지 3개월 정도 됐을 무렵이었다. 아직 프리랜서로서 일정한 수입이 없던 시기에 무리해서까지 자취방을 얻은 건 무엇도 침범할 수 없는 온전한 나만의 공간이 절실했기 때문이다. 밥을 먹고, 일을 하고, 잠을 자는 사소한 일상이 어떠한 방해도 받지 않고 보장되는 공간을 내게 선물하고 싶었다.

이사 후 얼마 동안은 꿈을 이뤘다고 생각했지만, 겨울이 지나 봄이 찾아오자 평화는 썰물처럼 순식간에 모습을 감췄다. 숲이 우거진 창밖 풍경만 보고 선택한 집은 주기적으로 말벌과 무당벌레가 창문 근처에 알을 까서 환기도 시키지 못하는 날이 수두룩했고, 손가락만 한 돈벌레가 하루가 멀다 하고 나타났다. 작은 방에 생긴 곰팡이는 장마철이 되자 벽 전체를 뒤덮었고, 윗집 남자의 새벽 고성방가와 발망치 소리 때문에 태어나 처음으로 이웃과 싸웠다. 설상가상으로 집 앞에선 타운하우스 공사를 했다. 모든 게 한순간의 선택에서 비롯된 결과라는 걸 받아들이기 힘들었다.

불면이란 불청객은 선택에 대한 후회와 함께 찾아왔다. 어디서든 머리만 대면 잠에 들던 내가 폭신한 이불 속에 누워서도 뜬눈으로 여명을 맞는 날이 늘었다. 생각이 많아 괴로워 잠이 안 오고, 잠이 안 와 괴로워 생각이 많았다. 처음엔 스트레스로 인한 일시적인 현상일 거라 믿었지만 잠 못 드는 밤은 조금씩 영역을 넓히며 나를 부식시키고 있었다.

불면증이 무서운 건 밤뿐만 아니라 낮까지 망가뜨린다는 점이다. 아무리 피곤해도 생각의 꼬리를 끊어내지 못해 동이 트고서야 겨우 몇 시간 쪽잠을 자고 일어나면 두통과 피로와의 싸움이 기다리고 있다. 일의 효율은 바닥을 치고 운동을 하거나 친구를 만나는 소소한 일마저 불가능하게 느껴졌다. 그렇게 좋아하는 책도 눈에 들어오지 않았다. 날이 갈수록 달고 사는 약이 늘었고 두 달이 지났을 무렵엔 아침마다 귀에서 이명이 들렸다. 몸과 마음이 모두 엉망진창이었다. 나는 결국 1년도 안 돼서 이사를 결심했다. 근본적인 원인과 멀어지니 한동안은 편안했지만, 한 번 찾아온 불면증은 그 후로도 수시로 내 일상을 침범해 왔다.

나는 다시 불면에 집어삼켜질까 두려워 갖은 방법을 동원했다. 언제나 얇은 흰색 커튼을 고집했지만 결국 두꺼운 암막 커튼을 달았고, 귀마개와 눈 찜질팩을 침대 머리맡에 구비했다. 고전적인 방법도 빠질 수 없었다. 양 세기(머릿속 양들이 너무 시끄러워서 매번 실패했다), 따뜻한 우유 한 잔 마시기(그냥 맛있었다), 격한 운동해서 힘 빼기(자기 직전에 하는 운동은 오히려 수면을 방해한다는 걸 뒤늦게 알았다)……

불면증을 앓기 전엔 굿 나이트를 위해선 나이트 루틴에만 집중하면 된다고 생각했지만, 여러 차례 시행착오를 겪으며 밤뿐만 아니라 낮의 시간을 충실히 잘 보내야 한다는 사실을 깨달았다. 듣기만 해도 식상한 이야기지만 몸이 노곤해져야 마음도 노곤해지는 법. 잠을 못 이루는 시기엔 아무리 힘들어도 낮잠은 자제하고, 마음의 짐을 덜기 위해 계획한 일을 꼭 끝낸 후, 무리하지 않는 선에서 산책이나 운동도 한다. 잠을 자기 몇 시간 전부터는 따뜻한 분위기의 조명을 켜고 편안한 향의 룸스프레이를 뿌린다. 미지근한 물로 샤워를 하고 나와 아로마 오일로 턱, 어깨, 종아리 등 몸의 뭉친 곳을 부드럽게 풀어준다. 그리고 따뜻한 캐모마

일 차를 마시며 책을 본다. 책도 흥미로운 소설보다는 에세이 위주로 고른다. 예전의 나라면 번거롭다 여길 과정이지만 잠을 못 자는 괴로움을 아는 사람에겐 필사적인 몸부림과 같다.

물론 아무리 눈이 뻐근하고 몸이 피로해도 쉬이 잠들 수 없는 날이 있다. 이럴 때 내가 사용하는 방법은 머릿속을 어지럽히는 생각들을 시각화하는 것이다. 먼저 눈을 감고 누워 머릿속을 까만 칠판이라 생각하고 떠오르는 것들을 적거나 그린다. 친구와의 관계가 고민이라면 그 사람의 이름과 주고받았던 말들, 나의 감정을 세세하게 남긴다. 복잡한 마음을 표현하기 위해 물음표를 그릴 수도 있다. 최대한 내 생각의 잔여물이 남지 않게 탈탈 쏟아낸 다음, 지저분해진 칠판을 커다란 지우개로 깨끗하게 지우는 상상을 한다. 이 과정을 반복하다 보면 텅 빈 흑지를 마주하는 순간이 온다.

비슷한 방법으로 종종 일기를 쓴다. 이건 기록용이라기보다 버리기 위한 행위다. 집에 굴러다니는 아무 종이나 가져와 나를 불안하게 만드는 부정적인 생각들을 잔뜩 적은 후 눈앞에서 찢고 구겨 쓰레기통에 버린다. 나쁜 생각이 덮쳐오더라도 이렇게 내 손으로 없앨 수 있다는 걸 자신에게 보여주는 것이다. 복잡한 상황에선 오히려 단순한 방법이 잘 먹히기도 한다.

앤드류 솔로몬의 《한낮의 우울》은 배가 똑바로 나아가려면 바닥짐을 실어야 하듯, 우리에게는 늘 어느 정도의 근심이나 슬픔, 결핍이 필요하다는 독일의 철학자 쇼펜하우어의 말을 소개한다. 누구에게나 잠들지 못하는 이유가 있다. 그러나 지금 당장 해결할 수 있는 문제가 아니라면, 우리에게 주어진 유일한 고독의 시간인 잠을 자는 동안만이라도 내려놓는 연습이 필요하다.

→ **나의 경우,**

잠들 수 없는 밤,

따뜻한 차를 마시고 책을 읽어도 도움이 되지 않는다면

머릿속에 까만 칠판을 만들어보자.

1. 머릿속을 까만 칠판이라고 생각한다.
2. 떠오르는 것들을 적거나 그린다.

   (예. 싸운 친구의 이름. 알쏭달쏭한 감정의 내용)

3. 생각을 최대한 탈탈 쏟아내 칠판을 빼곡히 채운다.
4. 지저분해진 칠판을 커다란 지우개로 깨끗하게 지운다.
5. 텅 빈 흑지를 마주한다.

추억은 물건이 아니다

물욕이 없냐고 묻는다면 나는 일말의 망설임 없이 아니라고 말할 수 있는 사람이다. 몇 년 전만 해도 나는 물건을 수집하기만 좋아하고 버릴 줄은 몰랐다. 중학생 때 입었던 옷부터 어제 도착해 뜯지 않은 택배까지, 한가득 쌓아두고도 의상디자인을 전공하고 뷰티 블로그를 운영한다는 이유로 매일 같이 자질구레한 물건을 사는 걸 멈추지 못했다. '유행은 돌고 도니까', '다 추억이잖아', '하늘 아래 같은 색조는 없으니까'. 핑계도 가지가지다. 이런 내가 물건 비우기를 결심한 건 정말로 우연한 계기를 통해서였다.

졸업 전시를 준비하며 밤에는 미술 학원에서 아르바이

트를 하고 틈틈이 시간을 쪼개 친구와 브랜드를 창업했다. 밤을 새는 날이 허다하고 지하철에서 어지럼증을 느끼며 주저앉곤 해도 나를 혹사시키고 있다는 걸 인지하지 못했다. 열정 있는 삶만이 멋있는 삶이라고 믿던 시절이었다.

졸업과 함께 한 줌의 열정까지 다 써버린 내게 번아웃이 찾아왔다. 자신에 대한 믿음이 의심으로 변하는 순간부터 우울은 시작됐다. 내가 지나온 길이 옳은 걸까? 앞으로 하고 싶은 일이 생기긴 할까? 다시 무언가를 시작할 수 있을까? 물음표는 계속됐지만 모든 의욕이 사라져 대답할 수 없는 스스로가 원망스러웠다. 활활 타오르던 불꽃이 삭아 재가 되어버린 일상을 견디기 힘들어 매일매일 잠 속으로 도망쳤다.

밀란 쿤데라는《커튼》에서 안갯속에 잠들어 있다가 때가 되면 일어나서 우리를 도와주러 오는 단어가 있다고 했다. 벼랑 끝의 상황에서 나를 구원해 주는 힘이 정말로 작용한 걸까. 침대 속에서 유튜브 알고리즘을 따라 이것저것 눌러보던 내 눈에 '물건 다이어트'라는 생소한 단어가 들어왔다. 영상을 클릭하자 등장한 남자는 작은 방에 앉아서 밥을 먹고 있었다.

그는 자기 집 안의 모든 물건을 꺼내는 데 10분도 채 걸리지 않는다고 말했다. 수건은 단 한 장이라 사용하면 바로 손으로 빨아 널어놓고, 낮에는 침구를 개서 소파로 사용했다. 그는 적은 물건으로 생활하며 물건의 가치를 알게 됐다고 말했다. 처음에는 그저 '이런 삶도 있구나'라고 가볍게 생각하고 영상을 껐다.

자극은 한 박자 늦게 찾아왔다. 다음 날 오후 느지막이 일어나 밥을 먹고, 생활비를 벌기 위해 일주일 중 유일한 외출을 하고, 집에 돌아와 멍하니 시간을 보내고 있자니 텅 빈 그의 방이 머릿속을 맴돌았다. 자연스럽게 주위를 둘러보았다. 그때 빈 공간을 허용하지 않겠다는 듯 물건으로 가득한 내 방이 처음으로 답답해 보였다. 나는 침대에서 일어나 가장 눈에 띄는 책상 위를 조금 치웠다. 잡다한 것들로 가득 차있던 마음 한편이 가벼워진 기분이었다. 오랜만에 무언가를 더 해보고 싶다는 생각이 들었다.

그렇게 단계적으로 물건을 비우기 시작했다. 무엇을 남기고 무엇을 비울지 고민하다 보면 자연스럽게 취향과 안위가 기준이 된다. 유행 따라 비싼 값을 내고 어렵게 구매했지만 정작 취향과는 거리가 멀었던 빈티지 소품은 중고로 판매하고, 발볼이 넓고 평발인 나를 항상 아프게 했던 높은 구두는 미련 없이 버렸다. 허리를 조이는 옷도, 손톱을 상하게 만드는 매니큐어도, 지나간 인연을 생각나게 하는 선물도 놓아줬다. 고민하고 망설였던 마음이 무색하게 후회하는 일은 없었다. 오히려 여유가 생긴 방과 홀가분한 마음이 남았을 뿐이다.

시선을 빼앗는 물건들을 방 안에서 모두 치우고 나자 언제부터 썼는지 기억도 나지 않는 어두운 색의 책상이 눈에 거슬렸다. 나는 거실에서 가족들이 작업용으로 사용하던 (거의 물건에 뒤덮여 방치되어 있었다) 원목 책상을 방으로 가져왔다. 군데군데 얼룩과 상처가 많지만 깨끗한 흰색으로 상판을 덮으면 세월이 느껴지는 책상 다리의 나뭇결과도 잘 어울릴 것 같았다. 커다란 시트지를 구매해 책상 위를 덮었다. 그리고 나니 6년을 넘게 함께한 꽃무늬 벽지가 눈에 걸렸다. 인터넷으로 페인트를 주문해 벽과 천장을 밝은 아이보리색으로 덧칠했다. 콘센트와 몰딩 주변에 꼼꼼히 마스킹 테이프를 붙이고 두 차례에 걸쳐 페인트를 바르고 말리는 일은 책상에 시트지를 붙이는 것보다 몇 배로 고된 작업이었지만 깔끔해진 방의 모습이 마음에 쏙 들었다.

텅 빈 흰 벽에는 친구가 만들어준 사진 달력을 한 장 붙였다. 아늑한 분위기를 내고 싶어서 이케아에서 산 2만 원대의 조명을 침대 옆에 두고, 가구도 이리저리 옮겨가며 동선이 가장 편한 배치를 찾았다. 내가 언제 무기력증에 빠졌는지 기억나지 않을 만큼 즐거웠다.

가족과 함께 사는 친구가 자기 방 커튼을 돈 주고 바꿨다는 이야기를 듣고 의아했던 기억이 난다. 방에 커튼이 없는 것도 아닌데 마음에 들지 않는다는 이유만으로 열심히 아르바이트해서 번 돈을 커튼에 썼다는 게 당시의 나에겐 충격적인 일이었다. 방은 그저 머무르는 곳일 뿐, 애정을 가지고 돈과 시간을 쏟는다는 걸 이해하지 못하던 시절이었다.

이런 내가 방 꾸미는 재미를, 아이러니하게도 물건을 비우는 과정에서 깨달았다. 나는 차가운 스틸보다는 따뜻한 우드를, 빈티지하고 앤티크한 분위기보다는 깔끔하고 단정한 분위기를 좋아하는 사람이다. 탁상 시계 하나, 숟가락 하나를 골라도 오래 써도 질리지 않는 군더더기 없이 깔끔한 디자인을 선호한다. 옷에 대한 취향은 확고해도 방에 대한 취향이랄 게 없었던 나는 점점 나만의 색을 찾아가고 있었다.

침입한 방을 보고 느낀 게 한 가지 더 있다. 아주 빼곡하다는 것이다. 은성의 8.5평짜리 집에는 여백이 없었다. LED등이 달린 천장을 제외하고는 모든 벽과 바닥에 자질구레한 것들이 늘어지고 덕지덕지 붙어 있었다. …… 그 방은 나에게 거대한 미련 덩어리처럼 보였다. 미련이라는 감정이 기이한 형태의 중력으로 작용하는 공간.

조예은의 《트로피컬 나이트》 중 〈나쁜 꿈과 함께〉에서 몽마의 시점으로 바라본 누군가의 집은 이렇게 묘사된다. 몽마가 비움을 결심하기 전의 내 방을 봤다면 '미련 덩어리'를 넘어 '미련 산더미'라고 표현했을지도 모르겠다. 그만큼 나는 지나간 기억에 집착이 심한 사람이었고, 이런 내가 가장 늦게 비운 건 역시 추억이 담긴 물건이었다.

내게는 '추억 상자'라고 부르던, 초등학생 때부터 소중한 것들을 모아둔 타임캡슐 같은 상자가 있었다. 가슴을 울린 첫 시위의 기억을 간직하기 위해 넣어둔 촛불과 종이컵,

스무 곡도 채 넣을 수 없었던 엄지손가락 크기의 mp3, 여행지에서 기념으로 산 엽서들, 처음 만들어 판매했던 펜던까지. 미련 많았던 내 눈에 이런 것들이 더 이상 추억이 아닌 '물건'으로 보이기 시작했다. 상자 속 물건들을 사진으로 찍어 블로그에 기록해서 추억만 남기고 물건은 버렸다. 지금 나에게 아무리 소중한 물건이라고 할지라도 언제든 비울 수 있다는 마음을 가지게 된 건 이때부터다.

내가 물건에 대한 미련을 버릴 수 있었던 건 비움의 과정에서 얻은 것들이 더 컸기 때문이다. 불필요한 것은 비워지고 나의 생활과 습관, 가치와 취향으로 채워진 방은 언제나 나를 위해 준비된 공간이다. 나는 그곳에서 언제든 쉴 수 있다.

집을 잠만 자는 공간으로 생각했던 나는 자칭 '집순이'가 되었다. 불필요한 물건에 시선을 뺏길 일 없는 책상에서 일을 하고, 도서관에서 책을 한가득 빌려와 깨끗이 빨아놓은 이불 위에서 하나씩 펼쳐보고, 1인분의 음식을 만들어 취향의 그릇 위에 담는 일상은 조금 어색하지만 내게 딱 맞는 옷처럼 편안하게 느껴졌다.

자신에 대해 오래 고민해 본 사람은 쉽게 흔들리지 않는다. 나는 이제 해마다 유행이 바뀌어도 고개를 돌리지 않고, 취향을 묻는 질문에 망설이는 일이 없다. 내게 비움은 단순히 물건을 없애는 일이 아니다. 무엇을 비우고 무엇을 남길지 고민하는 일은 나를 돌보는 일과 같다.

→ 나의 경우,

과거의 기억들로 가득한 공간에는

현재의 내가 쉴 공간이 없다.

기억과 물건보다 중요한 것은 지금 나의 취향과 안위다.

나의 생활과 습관에 딱 맞춘 방은 언제나 나를 위해

준비된 공간이다.

내게 딱 맞는 옷처럼 편하게 느껴지는 그곳에서,

나는 언제든 쉴 수 있다.

시선이 분주했던 비포

가뿐한 마음으로 하루의 시작과 끝을 맞이할 수 있는 애프터

불필요한 것에서 벗어난 자유

미니멀 라이프의 사전적 의미는 '삶에 필요한 최소한의 물건만 갖추고 사는 생활'이다. '미니멀', '최소'라는 단어는 완전무결해 보여 사람을 주눅 들게 한다. 완벽해야 한다는 강박은 무섭다. 무언가를 시작하기도 전에 포기하게 만드니 말이다.

실제로 내게 미니멀 라이프를 시작하고 싶은데 무엇부터 해야 할지 모르겠다며 막막하다고 털어놓은 사람이 여럿이다. 나는 그럴 때마다 미니멀 라이프는 '비우는 것'이 아니라 '남기는 것'에 초점을 두는 일이라고 말한다. 어떤 것을 비울지 고민하는 일이 아니라 먼저 내게 필요한 것을 고민하고 그 후 나머지를 비우는 것이다.

조삼모사처럼 들릴 수도 있지만 작은 어감의 차이는 마음가짐에 큰 영향을 준다. "당신이 밥을 먹고 무엇을 하는지 말해주십시오. 그럼 당신이 누구인지 말해줄게요"라는 조르바의 말처럼, '내게 무엇이 남았는가'는 곧 '내가 어떤 사람인가'를 보여준다고 생각한다. 당장에 물건을 다 비워야 한다고 압박을 느끼기보다는 천천히 내 삶의 방향성을 찾아가는 과정으로 받아들여야 한다.

마음 속 부담을 비워냈다면 이제 물건을 비울 차례. 다음은 내 물건 비우기 과정을 정리한 것이다. 모든 것엔 정답이 없으니 몇 가지만 선택적으로 사용해도, 더 욕심이 나지 않는다면 중간에 멈춰도 된다. 그저 한 사람의 예시로 삼아 자신에게 맞는 방법을 고민해 보길 바란다.

1. **쓸모를 다한 물건을 버린다.**

나는 물건을 '버린다'는 표현과 '비운다'는 표현을 따로 사용한다. 물건의 쓸모가 다한 건 버려야 하지만 나에게 필요가 다했을 뿐 물건의 쓸모가 다하지 않은 물건이 버려져서는 안 되기 때문이다(물건을 없애는 방법에는 버리는 것 외에도 나눔, 기부, 판매 등 다양한 방법이 있다). 하지만 이

단계에선 물건을 미련 없이 버린다. 나의 경우엔 가족들과 함께 살 때라 쓸모를 다했지만 아무도 버리지 않는 물건이 집에 한가득이었다. 안 나오는 펜, 빈 샴푸통, 유통기한 지난 화장품, 한 짝만 남은 양말, 각종 우편물, 방치된 인형과 장난감, 낡은 티셔츠 등. 비교적 포기하기 쉬운 물건을 버리며 비움의 즐거움을 느껴볼 수 있다.

2. 비슷한 용도의 물건끼리 묶는다.

1단계와는 달리 약간의 저울질이 필요하다. 비슷한 색의 화장품, 비슷한 디자인의 옷이나 가방이 있는지 확인하고 그중 한두 개만 남기고 나머지는 비운다. 그 다음은 나름의 창의성을 발휘해 본다. 생활 속엔 생각보다 용도가 비슷한 물건이 많기 때문이다. 예를 들어 나는 주방장갑, 코스터, 식기 건조대를 사지 않고 깨끗한 천 한 장으로 대신했다. 이 단계에서 평소 스트레스나 세일을 핑계로 있는 물건을 또 산 적은 없는지 지난 나의 소비 습관에 대해 반성하는 시간을 가졌다.

3. 비우기 아까운 것을 정리한다.

여행의 추억이 담긴 기념품, 어렵게 구한 인테리어 소품 등 대부분이 '예쁜 쓰레기'라고 불리는 것들을 정리한다. 앞의 두 단계와는 달리 이때부턴 비우는 게 아니라 '남기는 것'에 초점을 맞췄다. '이게 없어도 난 살 수 있어'라는 기준으로 비우는 게 아니라, '나를 설레게 하는 물건'을 남기고 그렇지 않은 나머지를 비운다는 생각으로 내 취향에 대해 고민했다. 매일 쓰지 않는 예쁜 쓰레기를 대부분 비웠지만, 비가 오거나 기분이 가라앉는 날 피우는 인센스 스틱과 홀더는 남겼다. 기분을 빠르게 바꿔주는 루틴까지 버리고 싶진 않았기 때문이다.

4. 평소의 습관을 정비한다.

아무리 비우고 나서 만족감을 느꼈어도 물건은 순식간에 늘어나기 쉽다. 물건 비우기는 잠깐의 이벤트가 아닌 몸으로 익혀야 하는 습관이기 때문에, 평소 소비를 자제하고 소소한 팁을 병행하며 유지하는 게 중요하다. 나는 이 시기에 '비움 상자'를 이용했다. 비움 상자는 비우기 망설여지는 물건을 상자에 넣어 일정 기간 그 물건 없이 살아보는 방법이다(눈앞에 안 보이게 만드는 것이 핵심으로,

꼭 상자가 아니라 벽장, 서랍 등을 활용해도 된다). 경험상 아무리 아까웠던 물건이라도 막상 비움 상자에 넣으면 생각나지 않는다. 친구들이 놀러올 때마다 상자를 열어 나눔하는 재미도 쏠쏠하다. 물건만 비우는 게 아니라 수납공간 자체를 없애는 것도 좋은 방법이다. 수납 공간은 물건을 허용하는 둥지와 같기 때문에 없애면 그 속에 있던 물건들은 갈 곳을 잃는다. 그땐 지금까지 쌓아온 비움 노하우를 사용할 때다.

5. 비움의 과정과 생각을 기록한다.

공개적인 소셜미디어를 통해 사람들과 공유하는 것도 좋지만 익숙하지 않다면 혼자만의 일기장처럼 비공개로 남기는 것도 도움이 된다. 사람은 망각의 동물이라 많은 것에 무뎌질 수밖에 없지만, 기록은 내가 경험하고 느낀 것을 되돌아볼 수 있게 해준다. 처음 비움을 시작하며 찍었던 비포 앤 애프터 사진은 내게 주기적으로 자극이 되어주었다.

내게 도움이 된 방법들을 열거하긴 했지만, 언제나 '어떻게'보다는 '왜'가 중요하다. 나는 왜 물건을 비우고 싶은가. 나는 왜 달라지길 원하는가. 비움을 통해 내가 온전히 집중하고 싶은 가치는 무엇인가. 이런 질문이 선행되지 않으면 간결한 삶을 살겠다고 결심해도 지속하기 어려울 것이다.

스스로 계속해서 질문하고 고민하면 물건을 얼마나, 어떻게 비워야 할지는 자연스럽게 따라온다. 이때 잊지 말아야 할 것은 물건은 없어져도 경험은 없어지지 않는다는 사실이다. 주변 환경과 마음이 정돈되면 본질에 집중하며 불필요한 것에서 벗어나는 자유를 누릴 수 있다. 단순한 삶에 찾아온 여유는 내가 나만의 단계를 밟을 수 있게 도와줬다.

미니멀 라이프는 물건을 줄이기 위한 방법론이 아닌 내가 선택한 삶에 대한 방향성이기에 정해진 답도 결말도 없다. 망설여지는 것은 일단 넣어두면 된다. 지금 할 수 있는 것부터, 할 수 있는 만큼 나만의 속도와 걸음걸이로 하나씩 해나가길 바란다.

→ 나의 경우,

물건과 함께 추억이 사라질까 봐 아쉽다면
온라인 공간에 비움의 과정을 아카이빙한다.
내가 남긴 발자취는 자신이 어떤 방향으로 나아가고
있는지를 보여주며, 소중한 깨달음을 잊지 않게
만들어주는 훌륭한 자극제가 된다.

미니멀라이프, 비누 올인원
(탐투로 워시/도브 뷰티바 후
기)

2018 9 16 💬 24

원 플레이트 03

2018 8 18 💬 9

더 트루 코스트, 결국은 미니
멀라이프

2018 7 28 💬 5

미니멀라이프, 셀프 인테리어
2

2018 7 14 💬 24

미니멀라이프, 디지털 미니멀
리즘

2018 7 1 💬 5

비우기 07 추억이 깃든 것 2

2018 6 16 💬 14

미니멀라이프, 욕실

2018 6 10 💬 14

노임팩트맨, 미니멀 웨이스트

2018 6 2 💬 20

미니멀라이프 관련 다큐 6가
지

2018 5 25 💬 14

비우기 06 추억이 깃든 것

2018 5 18 💬 7

원 플레이트 02

2018 5 16 💬 6

미니멀라이프, 주방

2018 5 9 💬 8

나만의 비움 아카이빙

탄탄한 일상을 직조하는 법

인생 첫 땡땡이를 고등학교 졸업 직전에 경험했다. 자율 학습을 하다 말고 짝꿍과 도망쳐 나와 영화관에 갔다. 제목도 기억이 안 나는 걸 보면 영화가 보고 싶었다기보단 잠깐이나마 책상 앞을 벗어나고 싶었을 거다. 즉흥적으로 표를 끊고 영화를 본 뒤 근처 카페에서 눈꽃 빙수를 먹는 상황에서 무엇이 트리거가 되었는지 모르겠지만, 어느 순간 우리는 각자의 은밀한 내면을 하나둘씩 털어놓으며 마음의 벽이 허물어지는 것을 느끼고 있었다.

일탈에서 오는 약간의 떨림과 흥분, 상처를 건드리지 않기 위해 조심스레 주고받던 말들, 학교로 돌아가던 어스름한 저녁의 발걸음. 당장 어제 먹은 점심 메뉴도 가물가물한 나지만 그날의 분위기는 아직도 만져질 것처럼 생생하다. 그 친구와는 10년이 훌쩍 지난 지금도 서로의 번호를 '동반자'라고 저장해 둘 정도로 가깝게 지내며 힘들 때나 기쁠 때나 함께한다. 수능을 앞두고 당시엔 꽤 중요했을 자율 학습 시간을 길거리에 버렸지만 그보다 값진 추억과 친구를 얻었다.

층간 소음으로 스트레스가 극심했던 어느 날 아침에는 눈을 뜨자마자 칫솔과 잠옷, 책 몇 권만 챙겨 들고 강릉으로 향했다. 운전 면허를 딴 지 2개월쯤 되었을 때니 초보운전자의 패기(혹은 광기)라고 밖에 설명할 수 없었다. 휴게소에서 산 호두과자를 먹으며 세 시간 넘게 달려 도착한 강릉에서 푸른 동해 바다를 눈에 담기도 전에 독립 서점을 세 곳이나 돌았다. 각각의 개성이 뚜렷하게 느껴지는 큐레이션, 덕분에 우연히 만난 책들, 서점 안을 배회하는 사람들. 특별한 목적 없이 출발했지만 모든 게 출발한 이유가 되어주었다.

가끔은 남들과 다른 낱말 사전을 가지고 사는 것 같다. 그 안에는 주로 부정적인 의미로 사용되지만 나에게는 없어서는 안 되는 소중한 단어들이 가득하다. 그중 내가 가장 좋아하는 단어가 바로 '충동'이다. '충동 구매', '충동조절 장애' 등의 용례로 미루어 봤을 때 충동이란 주로 깊이 고민하지 않거나 미래의 책임을 생각하지 않고 후회가 예정된 미숙한 선택을 할 때 붙는 단어다.

루틴 만들기를 즐겨하는 루틴 애찬론자인 만큼 나의 하루는 대부분 비슷한 모양으로 무탈하게 흘러가지만, 가끔은 이성보다 섬광처럼 스치는 감정의 손을 들어주고 싶은 순간이 온다. 지하철을 타고 맛집으로 가던 중 갑자기 연인의 손을 잡고 내려버리는가 하면 여행지에서도 계획한 관광지에 가는 대신 목적지를 확인하지 않고 버스에 올라타는 식이다. 규칙적인 루틴과 적절한 충동이 씨실과 날실처럼 엇갈려 있어야 탄탄한 일상이 이루어진다고 믿는다.

내게는 둘도 없는 충동 메이트가 있다. 나는 할 일이 많으면 꼭 수기로 리스트를 작성하여 모두 체크한 뒤에야 마음 편히 쉴 수 있는 사람이고 친구도 계획한 일정이 틀어지는 걸 못 견뎌하는 일명 '파워 J'지만, 그럼에도 우리는 찰나 동안 일렁이는 마음에 힘을 실어주는 일이 삶에 필요하다고 느낀다. 친구와 함께 쓴 책은 술자리에서 안주 삼아 나온 이야기에서 시작됐다. 충동적으로 그 자리에서 목차를 정하고 나자 글을 쓸 명분이 생겼고, 글을 써서 펀딩을 성공적으로 마치자 정식 출간 제안이 들어왔다. 엉겁결에 시작하니 모든 건 물 흐르듯 흘러갔다.

우리의 송도 살이도 충동이 없었다면 실현되지 못했을 것이다. 나는 연남동에서 독서 스터디를 하고 친구는 일산의 자취방에서 일을 하고 있던 평범한 주말, 내가 "저녁에 비 온다는데 삼겹살에 소주 한 잔 어때?"라고 시동을 걸었고, 삼겹살 4인분과 소주 3병이 배 속으로 사라진 밤 10시엔 친구가 "호캉스 가자!"라는 말로 박차를 가했다. 그렇게 정신을 차리고 보니 우리는 인천 송도의 한 애견 동반 호텔에서 룸서비스를 시키고 있었다. 누가 보면 호캉스를 밥 먹듯이 하는가 보다 싶을 수도 있지만 그날의 경험은 우리의 첫 호캉스이자 첫 송도 입성이었다.

송도라는 지명조차 생소했던 우리가 그곳을 선택한 이유는 단 한 가지였다. 친구의 강아지인 베베를 동반할 수 있는 곳이면 어디든 좋았다. 늦가을의 찬바람이 불고 비까지 내리는 날씨에 친구는 겉옷을 집에 두고 와서 위풍당당하게 후드티 한 벌만 걸친 상태였고, 나는 가방 속 책 세 권이 가진 것의 전부였지만 우리는 서로가 아니면 누가 이런 일에 함께하겠냐며 그저 즐거워했다. 현실이 감옥도 아니건만 밀려오는 해방감으로 너울거리는 술잔을 몇 번이고 부딪쳤다.

그렇게 취중 일탈로 끝날 줄 알았던 간밤의 호캉스는 생각보다 파장이 컸다. 다음 날 밀려오는 숙취에 머리를 감싸며 내려다본 송도의 전경이 너무도 아름다웠기 때문이다. 푸른 잔디가 깔린 공원에서 유유히 산책하는 사람들과 한적하고 깨끗한 도로의 풍경은 평소 내가 꿈꿨던 살고 싶은 도시에 가까웠다. 우리는 충동적으로 부동산에 연락해 근처 오피스텔을 구경했고, 그렇게 시간이 흘러 송도의 주민이 되었다. 현실과 저울질했다면 여러 사정으로 내려놓았을 마음을 충동의 힘을 빌려 행동으로 옮길 수 있었다.

물론 충동의 결말이 언제나 해피엔딩일 수는 없다. 회사에 다니던 어느 날엔 도돌이표처럼 반복되는 퇴근길 만원 지하철이 지겹다고 생각하다 문득 어떤 식이든 변화가 필요하다는 결론에 도달했다. 그렇게 예약하지도 않고 동네 미용실에 들어가서 무슨 짓을 저질러 볼까(?) 미용사와 함께 고민하다 선택한 게 유행이 조금 지난 호일펌이었다. 결과적으로 한동안 내 별명은 '실험에 실패한 박사'가 되었다. 머릿결은 상할 대로 상하고 관리도 어려워 몇 달을 고생했지만 그렇게 해서 생긴 에피소드를 글로 남기고 있으니 얻은 게 없다고 말할 수는 없겠지.

　루틴이 아무리 중요하다지만 매일 매 순간 지킬 수는 없다. 모든 것이 헛되게만 느껴지는 날이, 뒤틀린 마음이 나를 갉아먹는 날이, 어긋나고 싶은 치기가 내 안을 표류하는 날이 있으니까. 충동의 손을 들어주는 건 일상에 빈틈을 만드는 일이다. 그 사이로 알 수 없던 세계가, 기대하지 못한 즐거움이, 이따금 꺼내볼 수 있는 달콤한 추억이 흘러들어온다. 조개의 상처가 만들어낸 진주처럼 일상의 틈이 주는 귀한 선물이다.

루틴은 삶이 안정적으로
흘러가도록 도와주지만,
계획대로만 살면
새로운 세계와 뜻밖의 즐거움을
만나기 어렵다.

탄탄한 일상은 규칙적인 루틴과
적절한 충동을 씨실과 날실처럼
엇걸어 만드는 것이다.

메모의 목적은 기억하지 않는 것

나는 기억력이 좋지 않다. 내가 가장 자주 하는 말을 꼽는다면 "나 지금 뭐 하려고 했지?"가 상위권에 있을 거다. 분명 몇 초 전까지 머릿속에 있던 일도 뒤돌아서면 잊어버리고 아무리 자주 가는 길도 매번 내비게이션을 찍어야 한다. 학원에서 보조 강사로 일할 땐 아이들의 이름을 외우는 데 몇 주씩 걸려서 늘 혼이 났고, 가끔은 소중한 추억마저 잊어버려 친구와 연인을 서운하게 만들었다.

사람의 능력이 유한하다는 건 알고 있지만 기억력이 이렇게까지 나쁠 필요가 있나 싶다. "또 깜빡했어!"라는 말을 한평생 반복하다 보니 나는 더 이상 내 기억력을 믿지 않고 손이 닿는 곳곳에 비망록을 둔다. 책상 위엔 포스트잇이,

가방 속엔 노트가, 주머니 안엔 핸드폰이 있다. 여행 전날엔 다음 날 챙겨야 할 물건의 목록을 적어 잘 보이는 곳에 붙여두고, 아무리 사소한 일정이라도 꼼꼼히 캘린더 애플리케이션에 기록한다.

외출 후에 손을 씻는 것처럼, 메모는 내게 하루도 거르지 않는 습관이다. 필사나 일기는 대부분 노트에 손으로 쓰지만 메모할 때는 핸드폰 메모장을 적극 활용한다. 시간과 장소에 구애받지 않고 생각과 기록을 동기화할 수 있기 때문이다. 거리 한복판에서 산책을 하다가, 버스를 타고 가다가, 집에서 책이나 영화를 보다가 수시로 핸드폰을 꺼내 메모장을 켠다. 이런 습관은 아까워서 생겼다. 내가 보고 듣고 말하고 느낀 것들이 사라지는 게 아까워서.

사정이 이렇다 보니 누군가와 만나 시간을 보낼 때 "미안한데, 잠시만!"이라며 양해를 구하는 일이 잦다. 이야기가 끝나고 나서 기억해 낼 자신이 없으니 대화를 잠시 중단하고 핸드폰을 꺼내 빠르게 상황이나 생각을 요약해 적는다. 이런 내 모습이 익숙한 친구들은 시간을 두고 기다리거나 옆에서 핵심을 짚으며 도와준다.

어느 날 S는 이런 순간을 꼭 집어 좋다고 말했다. 잊어버리지 않고 남기고 싶을 정도로 지금의 시간이 의미 있다는 뜻 같다고. 내 메모장은 이런 찰나를 모아놓은 타임캡슐이다. 남기지 않으면 잊어버린다. 잊어버리면 그 순간은 없던 것이나 매한가지다. 매일 혼자서 들춰보던 타임캡슐을 이곳에 조심스레 꺼내본다.

✱ 나는 교과서적인 말을 싫어했다. "우울할 땐 밖에 나가서 뛰어" 같은 식의 실천은 어렵지만 누구나 아는 이야기. 지금 쓰고 있는 책에서 이런 말만 되풀이하는 사람이 될까 겁이 난다는 내 말에 친구는 망설임 없이 대답했다.

"교과서가 왜 교과서겠어? 그 말이 듣기는 싫을지언정 정석이기 때문이야. 우울에서 벗어나는 가장 좋은 방법은 나가서 뛰는 게 맞아."

그의 말에 거짓말처럼 마음이 편해졌다. 내 고민을 별것 아닌 것으로 만들어줘서 고마워!

✱ "세상에는, 가장 일상적이고, 별것 아니기에 평생 사랑할 수 있는 것들이 있어. 그것들은 네가 놓기 전에 널 떠나지 않아. 그냥 너의 일부가 되어 같은 시간에 녹아나겠지."

《B의 일기》를 보다 눈에 밟혀서 자꾸만 되감기했던 문장. 나는 역시나 책을 떠올렸다.

✱ 좋아하는 사람이 생겼다. 그걸 깨달은 날엔 꿈을 꿨다. 실제로 그가 피아노를 칠 줄 아는지는 모르지만 꿈 속의 그는 피아노 연주회를 열었다. 나는 그의 옆에 앉아 무대에 서길 자처했다. 그저 그와 가까워지고 싶다는 단 하나의 이유로 악보도 읽을 줄 모르는 주제에 수백 명의 사람 앞에서 당당하게 건반 위로 손을 올렸지만 등에선 식은땀이 줄줄 흐르고 있었다. 몇 초 뒤엔 내가 피아노를 칠 줄 모른다는 사실이 들통날 것이고 그는 나에게 실망할 것이다. 그러나 내 옆엔 그가 앉아 있었고, 나는 그게 몹시 만족스러웠다.

(어느 날 꿈에서 깨자마자 썼던 메모. 모든 감정은 퇴색되기에 이런 개꿈을 글로 남겼다는 사실이 놀랍지만 한때나마 이런 사랑이 내 안에 머물렀다는 사실을 되새길 수 있어서 좋다.)

＊ 아는 게 많아질수록 선택이 어려워진다. 어른이 된다는 건 짜요짜요를 내가 먹고 싶을 때마다 사 먹을 수 있는 건 줄 알았는데, 돈이 있어도 살과 혈당 걱정에 망설이게 되는 것이었다. 아아, 어른이 되기 싫다.

＊ 이 행복한 하루도 오늘만 놓고 보면 아무것도 아닌 것 같지만, 이게 매일이길 바라는 순간 아득하게 멀어져.

＊ "우리가 잘 맞는 부분을 나열해 보자면 정말 편지지가 열 장은 필요할 거야. 문장이 끊기지 않는 우리 사이가, 재밌다는 영화나 드라마를 모두 꺼버려도 전혀 아쉽지 않을 우리 문장들의 흥미로움이, 상대를 소중히 여기는 마음이, 비슷한 취향과 관심사가, 브레이크나 핸들 없이 급발진을 잘도 하는 즉흥적인 성격들이, 흥청망청 놀 수 있는 용기와 그럼에도 짙게 유지하고 있는 감수성과 낭

만이. 동물과 환경을 사랑하는 마음이 너무나 소중하고 또 소중해. 하고 싶은 말의 십분의 일밖에 꺼내지 못한 것 같지만. 언니라면 세 장의 편지에서 서른 장의 마음을 읽을 테니까. 여기서 줄일게."

자존감이란 단어가 원망스러워지는 순간마다 꺼내볼 S의 편지. 내가 좋은 사람이라고 느끼게 해준다면 그 관계를 이상이라고 불러도 될까.

보르헤스의 단편집 《픽션들》 중 〈기억의 천재 푸네스〉는 제목에서도 짐작할 수 있듯이 낙마 사고를 당한 후 비상한 기억력을 얻게 된 소년의 이야기다. 그는 자신이 본 모든 것을 세세하게 기억해 낸다. 포도나무에 달린 모든 잎과 가지, 포도알의 개수까지. 나는 푸네스와는 반대로 기억의 천재가 아닌 망각의 천재라 메모를 남기고도 그 메모를 남긴 이유마저 잊어버리기도 한다.

달밤, 무릎 위의 행복. 이런 말을 메모장에서 마주치면 당황스럽다. 그러면 왜 이런 메모를 남겼을까 고민해 본다. 달이 뜬 밤 무릎 위에 올라와 나를 행복하게 만들었던 것은 고소한 향이 가득한 팝콘 한 봉지일까, 사랑스러운 정도가 치사량인 친구의 강아지 베베일까. 과거와 일치하든 아니든 지금의 생각이 중요하다. 기록은 언제나 생각하는 삶을 만들어 준다.

→ 나의 경우,

꼭 노트에 써야 한다는 강박 없이,

핸드폰 메모장에 대화, 잡생각, 훗날의 사업 구상까지

떠오르는 걸 수시로 적는다.

가볍게 남긴 글이지만 덕분에 뻗어나가는

생각의 흐름은 절대 가볍지 않다.

내가 책을 사는 이유　　　　　언젠가 책방을 차린다면

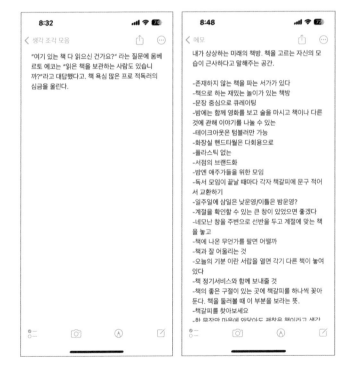

8:32

‹ 생각 조각 모음

"여기 있는 책 다 읽으신 건가요?" 라는 질문에 움베르토 에코는 "읽은 책을 보관하는 사람도 있습니까?"라고 대답했다고. 책 욕심 많은 프로 적독러의 심금을 울린다.

8:48

‹ 메모

내가 상상하는 미래의 책방. 책을 고르는 자신의 모습이 근사하다고 말해주는 공간.

-존재하지 않는 책을 파는 서가가 있다
-책으로 하는 재밌는 놀이가 있는 책방
-문장 중심으로 큐레이팅
-밤에는 함께 영화를 보고 술을 마시고 책이나 다른 것에 관해 이야기를 나눌 수 있는
-테이크아웃은 텀블러만 가능
-화장실 핸드타월은 다회용으로
-플라스틱 없는
-서점의 브랜드화
-밤엔 애주가들을 위한 모임
-독서 모임이 끝날 때마다 각자 책갈피에 문구 적어서 교환하기
-일주일에 삼일은 낮운영/이틀은 밤운영?
-계절을 확인할 수 있는 큰 창이 있었으면 좋겠다
-네모난 창을 주변으로 선반을 두고 계절에 맞는 책을 놓고
-책에 나온 무언가를 팔면 어떨까
-책과 잘 어울리는 것
-오늘의 기분 이란 서랍을 열면 각기 다른 책이 놓여 있다
-책 정기서비스와 함께 보내줄 것
-책의 좋은 구절이 있는 곳에 책갈피를 하나씩 꽂아둔다. 책을 둘러볼 때 이 부분을 보라는 뜻.
-책갈피를 찾아보세요
-한 문장만 마음에 와닿아도 괜찮은 책이라고 생각

비효율성 인간

"너무 편한 건 별로야"라는 말을 자주 한다. 너무 편한 것은 정이 느껴지지 않는다는 단순한 이유에서다. 멀지 않은 거리는 웬만하면 걷고, 춥다고 히터를 틀거나 전기장판으로 몸을 빨리 데우는 걸 꺼린다. 즉석밥보다는 솥밥이 좋고, 사용하는 전자기기나 애플리케이션에 새로운 기능이 추가돼도 잘 사용하지 않는다(애초에 업데이트도 잘 안 한다). 비슷한 예로 영화나 드라마를 볼 때 요약본을 찾거나 2배속, 10초 뒤 같은 기능을 쓰지 않는다. A부터 Z까지 가기 위해 최대한 빠른 지름길을 찾기보다는 B, C, D, E, F를 차근차근 밟아가는 게 좋다.

한마디로 표현하면 '비효율적인 인간'인 내 눈을 돌아

가게 만든 것이 있었으니, 바로 새벽배송이다. 전날 저녁 11시까지만 주문해도 다음 날 아침에 갖가지 신선한 식재료를 문 앞에서 받아볼 수 있는 새벽배송은 당시 가장 가까운 편의점이 도보로 15분 이상 걸리고, 마트는 차가 없으면 못 가는 곳에서 자취하던 내게 친구가 추천해 준 것이다. 새로운 문물에 거부감부터 느끼는 성격상 처음엔 한 귀로 듣고 한 귀로 흘려버렸다. 소셜미디어에 올라온 광고나 추천 제품을 봐도 별 감흥이 없었다.

계기는 다음 날 촬영에 필요한 재료 중 하나를 깜빡 잊고 사지 않았다는 걸 알게 된 어느 밤이었다. 이미 마트는 문을 닫은 시간이라 고민 끝에 애플리케이션을 깔고 필요한 물건을 주문했다. 첫 새벽배송은 말 그대로 신세계였다. 매일 쓰는 생필품부터 마트에서 쉽게 구하기 힘든 식재료까지 단 몇 시간 만에 손에 쥘 수 있는 세상이라니! 편리함의 맛을 알아버린 뒤로 1, 2주에 한 번은 새벽배송을 시키는 게 일상이 되었다. 포장은 비닐이나 플라스틱 대신 종이를 사용했으니까. 아이스팩 속의 내용물은 하수도에 버릴 수 있는 물이니까. 1인 가구라 자주 시키는 것도 아니니까. 이런 생각들은 상온, 냉장, 냉동 식품에 따라 다르게 생기는 박스와 완충재, 아이스팩을 흐린 눈 하기에 딱 좋은 핑계거리가 되어주었다.

한국의 마트에 방문했다가 충격받았다는 어느 외국인의 서면 인터뷰를 본 적이 있다. 바나나는 이미 껍데기로 포장되어 있는데 왜 그것을 또 비닐로 포장하는지 모르겠다는 그의 말에서 표정이 그려졌다. 당시 내게 그의 사고방식이 꽤나 충격적이었는지 꽤 오랜 시간이 지난 지금도 뇌리에 박혀있다.

상품에 포장재를 없애는 게 왜 중요할까. 생분해되는 비닐과 플라스틱을 사용하는 기업이 늘었고, 많은 사람이 올바른 분리수거의 필요성을 느끼며 열심히 실천하고 있는 시대인데 말이다. 하지만 여기엔 불편한 진실이 자리하고 있다. 우선 생분해성 플라스틱이 썩기 위해선 꽤 까다로운 환경이 필요하다. 예를 들어 옥수수와 사탕수수 등을 활용한 PLA 플라스틱은 60도 안팎의 온도에서 6개월 이내에 90퍼센트 이상 분해되어야 하는 식이다. 안타깝게도 국내에 현존하는 쓰레기 매립지 중 이러한 조건을 충족할 수 있는 곳은 거의 없다. 분리수거를 잘해서 폐기물을 재활용하면 될 것 같지만 비닐이 달려서, 이물질이 묻어서 같은 이유로 우리나라의 실제 재활용률은 40퍼센트 남짓이다. 그러니까 분리수거를 실천하는 것보다 중요한 것은 애초에 포장재를 사용하지 않는 것일 수밖에 없다.

이를 위해서는 개인의 노력뿐만 아니라 애당초 포장재 없이 물건을 살 수 있는 환경이 필요하고, 이것을 도와주는 곳이 바로 제로웨이스트 숍이다. 가게마다 비치된 제품이 다르지만 보통 유기농이나 로컬 작물, 찻잎, 오일 같은 식재료와 세제, 화장품 등의 생활용품을 무포장으로 판매하고 일상의 플라스틱을 줄일 수 있는 친환경 제품, 공정무역 제품, 업사이클링 제품 등을 구비하고 있다. 이용하는 방법은 간단하다. 가게에 방문해 원하는 제품을 고르고, 미리 준비하거나 매장에서 구매한 용기를 저울 위에 올려 영점을 맞춘 뒤, 제품을 원하는 만큼 담아 해당하는 무게를 메모해 결제하면 된다. 올바른 자원 순환을 위해 종이 쇼핑백, 브리타 필터, 플라스틱 병뚜껑, 우유팩과 멸균팩 등을 수거하는 곳도 있으니 미리 문의를 하거나 소셜미디어 계정을 살펴보고 챙겨가면 일석이조다.

우리 집에서 가장 가까운 제로웨이스트 숍 '플래닛어스'

는 대부분의 시간 동안 무인으로 운영되는 작은 가게다. 식료품은 거의 취급하지 않아서 세제가 필요하거나 수세미 열매가 떨어지면 이곳에 간다. 규모는 작지만 도보로 갈 수 있는 제로웨이스트 숍이 있다는 건 분명 행운이다.

내가 서울에서 가장 좋아하는 동네인 연남동엔 '지구샵 제로웨이스트홈'이 있다. 문을 열고 들어서면 화사한 색감의 인테리어 덕분에 기분이 좋아진다. 날씨가 선선해지는 봄이나 가을엔 꼭 연남동에 가는데, 지난 연남동 투어의 마지막 목적지가 바로 이곳이었다. 나는 미리 챙겨간 용기에 향긋한 디퓨저 액을 리필하고 이곳에서 직접 만드는 비건 빵과 쿠키를 가득 담아 집으로 돌아왔다.

도보로 10분 정도 떨어진 거리에 생긴 '지구샵 그로서리'는 이름처럼 식재료에 더 특화된 매장이다. 비건 음식과 카페 메뉴도 이용할 수 있는데, 식물성 참치로 만든 스파이시 튜나 플레이트와 비건 초콜렛 갸또가 환상적이다. 매장 안에서는 다회용 빨대와 면휴지를 사용해서 작은 쓰레기 하나 나오지 않는 정갈한 한 끼를 즐길 수 있다.

제로웨이스트에 관심이 있다면 한 번쯤은 들어봤을 '알맹상점'은 망원동에 위치해 있다. 이곳은 전국에 몇 없는 화장품 리필 스테이션으로, 확장 이전하고 처음 방문했을 때 가게 안이 리필용기를 들고 돌아다니는 사람들로 문전성시를 이루고 있어 괜히 뿌듯한 마음까지 들었다. 인스타그램 계정을 팔로우하면 친환경을 위한 다양한 정보도 얻을 수 있다.

얼마 전, 자주 방문하던 영종도의 제로웨이스트 숍이 문을 닫았다. 자주 찾은 만큼 유튜브에도 종종 노출해서 내 영상을 보고 찾아갔다는 댓글을 발견하며 기뻐한 기억도 있는데 아쉬웠다. 폐점을 앞두고 있다는 소식을 접하니 그곳에서 찻잎과 샴푸, 클렌징 오일을 포장 없이 구매할 수 있던 날들이 더 감사하게 느껴졌다.

씁쓸한 마음을 감추기 어려웠지만 부정적인 것만 볼 필요는 없다. 3년 전의 강연에서 제로웨이스트 숍을 소개하며 나는 이런 말을 했다. "제가 알기론 현재 서울에 제로웨이스트 숍이 두 군데가 있는데, 운이 좋게도 한 곳은 강연장 근처인 성수동에 있어요." 하지만 지금은 꽤 많은 제로웨이스트 숍이 문을 열었다. 사람들이 무포장의 가치를 알고 선순환의 연결고리 안에 들어와 힘을 보탠 결과다.

모든 의사결정 앞에서 효율성이 최고라 말할지라도, 환

경 문제에서만큼은 비효율적인 인간이 되어본다. 이는 너무도 빠른 지구의 소진 속도를 아다지오adagio(아주 느리고 침착하게)는 못 되어도 안단티노andantino(조금 느리게)로 지휘할 수 있는 방법이다.

매번 제로웨이스트 숍에서 장을 보지는 못할지라도

좋아하는 동네를 산책하는 길에 들러보거나

여행지에서 이벤트성으로 방문해 보는 것도

분명 도움이 된다. 작은 수고를 견뎌 오늘 하루

쓰레기를 만들지 않았다는 사실에 기뻐하고

인증샷을 남겨 소셜미디어에 자랑도 해보자.

\# 지구샵 그로서리

글쓰기의 쓸모

살면서 일기를 한 번도 안 써본 사람이 있을
까. 언젠가 성향별 일기 쓰는 방법에 대한 글을 본 적이 있
다. "그럴 수도 있는 거다. 그런 마음도 있는 거다"(가수 아
이유의 일기라고 한다)라며 그날 자신이 느낀 생각이나 감정을
중심으로 기록하는 유형이 있는 반면, "아침에 밥을 먹고
청소를 했다"라며 그날의 사건을 중심으로 하루를 기록하
는 유형도 있다는 내용이었다.

후자의 사람들은 대부분 전자의 일기 쓰는 방식이 신기
하다는 반응을 보였다. 사실 자신의 감정에 대해 쓰는 일은
어렵고 낯선 일이다. 쓴다는 건 들춰내는 것이다. 내 안에
침잠해 있는 과거의 후회와 현재의 걱정과 미래의 불안을

끄집어내 활자로 형체를 만들어주는 일이다. 형편없고 초라한 나의 일부를 드러내는 일이 쉬울 리 없다. 그러나 쓴다는 건 들춰내는 동시에 마주하는 일이다. 내 감정을 솔직하게 마주하고 다시 쓸 수 있는 기회다.

항상 화가 나있던 학창 시절엔 매일 같이 일기를 썼다. 내 방이 없어 일기를 숨길 곳이 마땅치 않았는데도 매일 화가 난 이유에 대해 썼다. 타인에 대한 원망, 자기혐오, 한 줌의 희망을 눌러 담아 썼다. 그 시절의 쓰기는 내게 관성 같은 것이었다. 최소한의 나라도 지켜내기 위해 썼고, 쓰지 않으면 참을 수 없어서 썼다. 10년이 넘는 세월이 지나 이사를 하던 날 우연히 그 시절의 일기장을 발견했다. 짐을 싸다 말고 그 자리에 앉아 한참을 울었다. 감정이 묻어있는 글은 여우비와 같아서 몸을 피할 새도 없이 나를 젖게 만들었다. 몇 시간에 걸쳐 일기장을 모두 읽은 후 망설임 없이 찢어서 버렸다. 또다시 그때의 나를 떠올리며 안쓰러워할 필요를 느끼지 못한 까닭이다. 이제 쓰기란 내게 나쁜 감정을 쏟아내는 대나무숲 역할만 하는 것은 아니었다.

공저를 출간하고 독자들과 이야기 나눌 수 있는 자리가

생겼다. 사람들에게 질문을 받고 꽤 그럴싸한 답변을 내놓기 위해 고심하다 보면 혼자서는 미처 알아채지 못했던 부분을 깨닫게 되기도 한다. 그날 가장 기억에 남는 질문은 "글을 쓰기 전과 후에 달라진 것은 무엇인가요?"였다. 나는 잠시 고민하다 이렇게 대답했다.

"제 눈에 보이는 모든 것이 글쓰기 소재가 됐어요."

내가 쓰는 모든 글을 분류해서 폴더로 정리한다면 크게 다섯 가지 제목을 가질 것이다. 그 폴더를 아래와 같이 정리해 본다.

1. 첫 번째 폴더: '오늘의 명언'

내가 정의하는 명언은 "너 자신을 알라!" 같은 교훈이 담긴 격언이 아니라 나를 생각에 잠기게 만드는 말이다. 몇 달 전 서점의 계산대에서 바코드를 찍던 직원에게 이런 말을 들었다. "지금 고르신 책 저도 어제 읽었는데 정말 재밌어요." 군이 삼킬 수 있는 말을 꺼내어 책을 펼치는 일을 더욱 설레게 만들어 주었다는 점에서 이것은 내게 명언이다. 그의 친절과 내 독서의 상관관계를 짧은 글로 남겼다.

2. 두 번째 폴더: '문장의 파장'

문장을 옮겨적는 것에서 끝난다면 필사 폴더에 머물겠지만 어떤 문장은 내 안에 흘러들어와 또 다른 문장을 낳는다. "어디에도 가지 않으면서 어딜 가나 비슷하다고 생각할 것이다." 최진영 작가님의 《내가 되는 꿈》 속에서 이 문장을 만났고, 나는 곧 벌을 서는 기분으로 글을 쓰기 시작했다. 감염병의 시대라는 핑계로 오래 방치한 무기력을 들여다본다. 무엇도 하지 않으면서 무엇을 하든 다를 게 없을 거라고 지레짐작하던 시간을 반성한다.

3. 세 번째 폴더: '활자 사진'

머무는 눈길에 애정이 피어나는 순간을 숨죽여 포착하고 활자로 묘사한다. 집 안을 통과하는 햇빛이 향하는 곳, 매일 산책하는 길에서 만난 고양이의 우아한 움직임, 그것이 내게 주는 즐거움을 기록한다.

4. 네 번째 폴더: 'n잡생각'

내 머릿속을 돌아다니는 수많은 잡생각 중 몇 가지를 건져올린다. 미라클 모닝을 처음 시도하던 날엔 "이것이

미라클 모닝인가, 미라 모닝인가"로 시작하는 일기를 썼다. 가볍고 건조한 단어의 나열이라도 상관없다. 모든 글에 메시지가 담겨야 한다는 강박을 놓아야 쓰는 습관을 지속할 수 있다.

5. **다섯 번째 폴더: '아이디어 적금 통장'**

내가 아는 나는, 하는 일은 별로 없지만 하고 싶은 건 많은 사람이다. 의욕이 앞서는 경우는 적지만 하고 싶은 게 생기면 영혼까지 갈아 넣는 사람이다. 언제 무엇을 시작하게 될지 모르는 나를 위해 온갖 아이디어를 저장해 둔다. 만들고 싶은 이모티콘이 표현하는 감정들, 꿈꾸는 공간이 풍기는 분위기, 원하는 브랜드의 콘셉트 키워드 등 잡다한 분야를 아우른다. 만기까지 가지 않고 적금을 깨는 일이 생기길 바랄 뿐이다.

내게 글을 쓴다는 건 사진을 찍는 일과 비슷하다. 카메라나 펜을 손에 쥐면 같은 장소에 가도 다른 걸 보게 된다. 더 정확히 말하면 '찾게 된다'. 보통의 일상을 진밀하게 들여다보고, 관찰하지 않는 이는 놓치기 쉬운 아름다움을 기

어코 찾아내 사진과 글로 담아낸다. 글을 쓰게 된 후 생긴 변화는 비단 작업물에만 영향을 미치는 것이 아니다. 주변을 바라보는 시선을 바꾸고, 사소한 것에서도 의미를 발견하도록 하고, 어렴풋이 느끼던 감정을 조금 더 선명하게 알아볼 수 있게 한다.

쓴다는 말은 새삼스럽다. 학창 시절 공부를 할 때도 종이를 깜지로 만들며 무식하게 썼고, 고마운 친구에게 마음을 전하기 위해 썼고, 아끼는 문장을 간직하기 위해 썼다. 그럼에도 내게 '쓴다'는 건 '헤매다'와 같은 의미다. 보이지 않는 것을 보기 위해 애쓰는 일도, 심연 속의 생각을 끄집어내는 일도, 그것을 스스로와 다른 이에게 내보이는 일 모두 두렵기만 하다. 그러나 나는 쓰기가 평생 낯설었으면 좋겠다. 모든 건 결국 지질해진다는 인생의 법칙에서 엇나가 익숙해지지 않고, 밀려나지 않고, 언제나 새삼스럽길. 그리하여 내 삶 또한 그렇게 만들어주길 바란다.

소설을 써서 먹고사는 친구에게 부럽다고 말한 적이 있다. 어떻게 무에서 유를 창조하냐고 물으니 친구는 오히려 어떻게 자기 이야기를 세상에 내놓을 수 있냐고 되물었다.

우리는 상상을 기반으로 글을 쓰고 경험을 바탕으로 글을 쓰는 서로를 신기해했다. 친구의 책을 읽을 때, 블로그 이웃이 올린 포스팅을 볼 때, 좋은 노랫말을 들을 때면 모두가 자신만의 방식으로 쓰고 있구나, 생각한다.

우리가 쓰는 이유는 제각각이다. 세상의 무자비가 개탄스러워서, 다른 이들이 쉽게 하지 못하는 말을 대신 해주고 싶어서, 내 안에 고여있는 말이 많아서, 어쩌면 그냥, 그냥. 무라카미 하루키는 자전적 에세이《직업으로서의 소설가》에서 야구장에서 방망이가 공에 맞는 경쾌한 소리를 들으며 아무런 맥락도 근거도 없이 '소설을 쓸 수 있을지 모른다'고 생각했고, 시합이 끝나자마자 서점에서 원고지와 만년필을 사와 식당일을 마친 홀에 앉아 글을 쓰기 시작했다고 이야기했다. 쓰기는 언제나 어렵지만 이토록 쉽다. 쓰고 싶다는 마음만 있다면 거창한 도구나 재주는 필요치 않다. 필요한 문장은 모두 내 안에 있다.

→ **나의 경우,**

글쓰기는 거창한 도구나 재주를 필요로 하지 않는다.

대상이 특별할 필요도 없다.

계절에 맞게 꺼내 입은 얇은 셔츠가 주는 홀가분함,

오늘따라 눈에 띄는 거리의 간판들,

시들어가는 꽃을 볼 때 피어나는 생각…….

내 모든 시선과 마음은 문장이 될 수 있다.

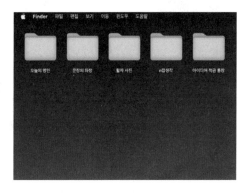

사소한 단상을 담은 내 마음속 다섯 개의 폴더

체크리스트 바깥에서 일어나는 일

나를 위한 선택을 단 하나라도 했다면,

오늘 하루를 잘 보낸 것이다.

상대보다 자신을 생각하고,

물건의 쓸모를 스스로 결정하고,

가끔은 훌쩍 떠날 수 있는 이유는

어떤 것도 나 없이는 무의미하기 때문이다.

관계에 정리가 필요할 때

스파 브랜드에서 의류 판매 아르바이트를 하던 시절이었다. 하루 종일 매장 안을 뛰어다니고 계산대에 서서 고객을 응대하느라 기진맥진한 몸을 이끌고 집으로 향하던 길에 친구에게서 연락이 왔다. 우울한 일이 있는데 술을 사줄 수 있냐는 내용의 메시지였다. 오늘은 너무 피곤해서 어려울 것 같다고 말하자 친구는 서운하다며 화를 냈다. 불과 며칠 전에도, 그 며칠 전에도 비슷한 이유로 술을 사줬던 기억이 났지만 이럴 때 기댈 수 있는 사람이 없다며 자책까지 하는 친구의 말에 결국 술집으로 발을 돌렸다.

그곳엔 내가 존재를 예고받지 못했던 남자가 함께 있었

다. 온라인 술모임에서 알게 된 사람으로, 오늘 처음 만난 사이라고 했다. 당황했지만 우울하다는 친구에게 싫은 소리를 하고 싶진 않아 자리를 지켰다. 내가 도착했을 때부터 이미 취기가 올라있던 친구는 곧 인사불성이 되어 안주를 엎고 소리를 지르는 등 주사를 부렸다. 눈치를 보던 남자는 화장실을 간다고 하더니 돌아오지 않았고 친구는 네가 그를 보냈냐며 화를 내다 급기야 욕을 퍼부었다. 길거리에서 장난을 치다 느닷없이 하이힐 신은 발로 정강이를 찼을 때도, 매번 술값을 빌리고 갚지 않았을 때도, 내가 소개한 아르바이트 자리에 밤새 술을 먹고 벌게진 얼굴로 출근했을 때도 잘 버텼던 이성의 끈이 결국 끊어졌다. 오늘이 우리의 마지막이라는 말에 친구는 가운뎃손가락을 들어 보였다. 그걸로 끝이었다.

돌아오는 길에 친구의 연락처와 소셜미디어까지 차단했으니 다음 날 내게 사과하기 위해 연락을 취했는지, 그 뒤로 어떻게 살고 있는지 알지 못한다. 매일 술에 의지할 수밖에 없는 친구의 사정을 누구보다 잘 알았기에, 변하기 전의 모습을 뚜렷하게 기억하고 있었기에, 그래서 곧 돌아올 거라는 희망이 있었기에, 무엇보다 고등학생 때부터 7년간 매일 같이 쌓아온 친구와의 추억이 너무도 소중했기에 관계가 비뚤어졌다는 걸 깨닫고도 꽤 오랜 시간 놓지 못했다. 나는 추억이란 이름 앞에서 미련할 정도로 관대한 사람이었다. 그게 독이 된다는 걸 알면서도 그랬다.

어릴 때는 많은 사람들에게 관심받고 누구에게나 사랑받고 싶었다. 개학 첫날 모두가 어색한 침묵 속에서 눈알만 굴리고 있을 때 선생님의 제안에 망설임 없이 손을 들고 노래를 부르는 사람이 나였다. 나는 만인의 친구가 되고 싶었다. 고민이 있다는 친구의 이야기를 들어주었고 혼자 있는 친구에게 말을 걸었고 용돈이 부족하다는 친구에게 빵을 사줬다. 조금은 무리한 부탁에도 싫은 소리 못 하고 모두에게 친절했다.

성인이 된 이후 '모두에게 사랑받는 나'라는 프레임은 조금씩 옅어졌지만 여전히 관계에 과도한 에너지를 썼다. 직장 동료에게는 공적 영역을 넘어 사적으로도 좋은 사람이 되기 위해 노력했고, 얼굴을 본 지 오래되었어도 온라인 청첩장을 받으면 축의금을 보냈고, 명절마다 은사님들에게 문자를 돌렸고, 메신저에 뜬 지인들의 생일을 챙겼다. 아무리 바빠도 누군가 만나자고 하면 시간을 쪼갰고 거리가 멀면 배려한다는 이유로 약속 장소를 맞춰줬다. 부끄럽지만 나보다 타인을 위한 적이 더 많았다고 고백한다. 나는 사람을 좋아하고 만남에서 힘을 얻는 사람이니까. 그게 내 행복이니까.

깊으면 깊다는 이유로, 얕으면 얕다는 이유로 온갖 연결을 붙잡으며 과유불급보다는 다다익선이라고 여겼던 내 인간관계를 돌아보게 된 건 유튜브를 시작한 지 얼마 안 되어 운이 좋게도 꽤 많은 구독자가 생긴 후였다. 인생이 모 아니면 도로 흘러가는 편이라 쉼이 필요할 땐 모든 걸 내려놓고 한량처럼 지내다가도 일에 파묻혀 질식사하는 게 아닐까 싶을 때도 있는데, 불행히도 후자에 해당하던 시기에 여러 명의 지인에게 연락이 왔다. 요즘 많이 바쁘냐며 얼굴 한 번 보자는 말에 나는 언제나처럼 빽빽한 일정 사이에 틈을 만들어 사람들을 만났다.

비슷한 시기에 연락을 취했던 사람들은 안부 인사를 주고받은 끝에 모두 비슷한 이야기를 꺼냈다. 자신이, 연인이, 가족이 운영하는 사업을 홍보해 줄 수 있겠냐는 부탁이었다. 처음엔 그럴 수도 있다고 생각했고, 그 다음엔 웃으며 거절했고, 결국에는 표정 관리가 어려워졌다. 친구 C는 평소 지나치게 타인을 위하는 내가 걱정이었다며 어떤 관계든 한쪽의 호의가 계속되면 권리가 된다고 조언했다. 팩트 폭격을 맞고 입 안이 썼다. 이리저리 에너지를 분산시키는 동안 정작 가까운 친구에겐 왜 이렇게 약속이 많고 바쁘냐며 서운하다는 이야기를 들었다. 나는 내가 감당할 수 있는 정도를 넘어서 지나치게 많은 관계를 끌어안고 있음을 인정했다.

비움은 물건을 넘어 생활 전반에 필요하다. 방의 빈 공간이 마음에 평화를 준다는 걸 알면서도 매일 들여다보는 핸드폰은 포화 상태였던 때가 있었다. 사진첩의 사진은 만 장을 훌쩍 넘겼고 애플리케이션은 사용 빈도에 상관없이 뒤죽박죽 섞여있었으며 중학생 때부터 쌓인 연락처 목록은 500개가 넘었다.

이젠 만져지지 않는 것들을 비울 차례였다. 애플리케이션, 사진첩, 통화와 메시지 목록을 차근차근 비우다 연락처에 도달했다. 어디서부터 손을 대야 할지 감이 오지 않아 근래 소통이 없어 소식을 모르는 사람들을 먼저 추렸다. 처음엔 '그래도'란 생각이 발을 걸었다. 그래도 한 시절을 함께 보낸 사인데, 그래도 언젠가는 다시 연락이 닿을 수도 있을 텐데.

하지만 연락처를 지울까 말까 고민하는 순간 이미 내 손을 떠난 인연이었다. 나는 시간을 두고 연락처를 하나둘씩 지워가며 관계를 정리했다. 다소 슬픈 사실이지만 아무도 상처받지 않는 깨끗하고 아름다운 이별이란 건 없다. 관계를 끊어내는 가장 좋은 방법은 관계의 끈이 서서히 옅어지도록 충분한 시간을 주는 것이다. 단칼에 잘라내는 것은 단순하고 빠르지만 선명한 단면을 남긴다. 밥을 짓기 전 딱딱한 곡식을 물에 불리듯 이별에도 관계의 농도를 묽게 만들어줄 시간이 필요하다.

결국 50개의 연락처가 남았다. 처음엔 500명의 인간관계가 50명으로 줄었다는 생각에 헛헛한 마음마저 들었다. 나이를 먹을수록 협소해지는 인간관계는 누구에게나 한 번쯤 스쳐가는 고민이 아닐까. 그러나 걱정과는 달리 아쉬운 마음은 들지 않았고 오히려 홀가분해졌다. 수많은 메신저 프로필은 그 자체로 정보였고, 모든 과부하가 그러하듯 내게 피로를 주고 있었다.

관계의 압박에서 벗어나니 보이지 않던 것들이 보였다. 굳이 사랑받으려 애쓰고 노력하지 않아도 내게 남아 있는 사람들. 바쁜 일정에 연락을 자주 하지 못해도 괜찮다 말해 주고, 느닷없이 전화해서 엉엉 울면 함께 울어주고, 당분간 혼자만의 시간을 갖고 싶다고 하면 그저 나를 믿고 기다리며 형편없는 내 모습까지 온전히 받아들여 주는 사람들이 내 곁에 있었다. 그들 덕분에 모두에게 사랑받는 나보다 가까운 사람들과 끈끈한 신뢰를 주고받는 내 모습을 더 사랑하게 됐다.

나는 여전히 친구들을 만나 커피나 술 한 잔을 곁들이며 수다를 떠는 것으로 스트레스를 해소하지만, 예전처럼 관계에 많은 힘을 쏟지 않는다. 지나친 배려를 경계하며 누군가 나를 좋게 보지 않을 것 같아도 내 잘못이 아니라 서로 맞지 않는 것이라고 생각한다. 인연을 소중하게 생각하지만 '시절 인연'이란 단어가 더 이상 가슴 아프게 들리지 않는다. 불필요한 물건에 눈을 돌리지 않는 것처럼 관계도 현재 가진 것 이상을 바라지 않고 누군가를 위한다는 이유로 나를 등한시하지 않는다. 깊이 애정하는 사이라도 삐걱거릴 땐 잠시 거리를 두고 상황을 객관적으로 판단하기 위해 노력한다. 아무리 소중한 관계도 내가 없인 무의미하다는 걸 잊지 않기 위해서다.

→ 나의 경우,

관계에 정리가 필요하다는 건 알고 있었지만,

성격상 싸움이나 잠수는 고사하고 만남을 거절하거나

약속을 기약 없이 미루는 일조차 쉽지 않았다.

그럴 때마다 스스로 질문하며 끊어내기를 다짐한

이유를 되새겼다. 모든 기준을 '나'로 두니 질문은 명확했다.

관계의 기준을 마련해 두면 필요한 사람에게

더 집중할 수 있다. 관계에 휘둘리고 싶지 않을 때,

스스로에게 건네면 좋을 질문을 공유한다.

✳ 　내게 노골적으로 바라는 걸 표출하거나 나를 감정 쓰레
　　기통으로만 소비하는 사람인가?

✳ 　만남 후 헤어질 때 기가 빨리고 헛헛한 마음이 들었는가?

✳ 　만남에서 배려받지 못한다고 느껴지는가?

✳ 　(정신적이든 물리적이든) 서로 도움을 줄 수 있는 관계인가?

우리 집에서 가장 쓸데 있는 물건

살면서 큰 행운이 찾아오지는 않아도 불운하다고 느껴본 적은 없었는데, 2022년은 내게 다시는 반추하고 싶지 않은 해로 남았다. 가족들이 몇 년간 몰두한 소송에서 패소했던 연초를 지나, 건강을 생각해서 시작한 클라이밍 첫날에 발가락 두 개가 골절되었고 침대 생활에서 겨우 벗어날 즈음 발목 인대 파열로 인생 첫 수술을 했다. 퇴원을 하니 엄마가 사고를 당해 입원했다. 원인을 알 수 없는 알레르기 반응으로 응급실을 네 번 정도 다녀왔고 기분 전환을 위해 백화점에 갔더니 화장실 문이 떨어져 얼굴을 다쳤다. 한 해의 마무리는 5년 만의 독감이 함께했다.

나는 점차 무언가를 하기 두려워졌고 가족과 친구들은

"너한테 전화 오면 이제 무서워"라고 말했다. 어떤 친구는 조심스럽게 삼재 팔찌를 사줬다. 사주는커녕 타로점 한 번 본 적 없는 나였지만 삼재 팔찌는 한동안 내 외출 필수품이었다. 그만큼 1년을 알차게 불행으로 채우는 기분으로 살았다.

두 번의 부상과 여러 사건으로 인해 2022년은 살면서 가장 오래 집에서 시간을 보낸 해가 되었지만, 아이러니하게도 최근 몇 년 중 가장 적은 양의 책을 읽었다. 읽지 못한다는 건 내게 이런 뜻이다. 몸과 마음에 여유가 없다는 것. 나를 돌보지 못한다는 것. 잘 살고 있지 않다는 것. 나는 언제나 내 컨디션을 독서량으로 어림짐작한다. 책에 대한 내 의존도를 짐작할 수 있는 부분이다.

유튜브나 블로그에 모든 이야기를 담을 수 없다 보니 내 비움의 과정은 꽤나 단순해 보이지만, 내게도 수많은 도전과 포기가 있었다. 물건 비우기에 한창 몰두하던 시기였다. 종이책을 아무리 좋아한다고 할지라도, 미니멀 라이프를 결심했는데 모으는 게 맞는 건지 의문이 들었다. 나는 소장하는 책을 다섯 권으로 제한하고 도서관에 다니기로 결심했다. 책을 사랑하고 책이 가득한 공간에 무한한 애정을 느끼는 내가 도서관에 다니는 게 어려웠을 리 없다. 특히 비가 오는 날 유독 적요한 도서관 복도를 거닐며 그 주에 읽을 책을 고르는 일을 좋아했다.

문제는 골라온 책의 상태였다. 도서관을 1년 동안 매주 다니다 보니 별의별 책을 다 봤다. 색연필로 죽죽 그어놓은 책이나 이물질이 묻은 책은 셀 수 없이 많았고, 중요한 부분이 찢어진 책, 중간에 벌레가 끼어 죽어 있는 책, 욕설이나 음담패설이 쓰여있는 책도 있었다. 나는 점점 서점에 가는 횟수가 늘었고, 결국 이사 후에는 가까운 도서관이 없다는 것을 핑계 삼아 다시 책을 모으기 시작했다. 물론 그 후에도 노력은 했다. 큰맘 먹고 책장 자체를 없앤 적도 있고, 한 달에 사는 책의 권수를 정하기도 했다.

몇 번의 시행착오 끝에 책은 내가 비울 수 없는 것이라는 결론을 내렸다. 책이 그렇게 좋다면 전자책을 보면 해결되는 일 아닌가 싶을 수도 있지만, 나는 책의 내용만큼 책의 물성 또한 사랑하는 사람이다. 손가락 끝에 걸리는 종이의 까끌한 감촉, 책장을 넘기는 소리, 가로세로로 켜켜이 쌓여있을 때의 아름다운 자태를 사랑하며 연필로 밑줄을 그어 '이 문장은 내 것'이라고 영역 표시를 하는 행위에서 안위를 얻는다.

천 겹의 기억 중《여자로 살아가는 우리들에게》를 읽던 밤을 떠올린다. 세상과 거리를 두고 싶은 시기, 나를 보호하기 위해 고독이란 요새가 간절한 날이었다.

디아 작가님의《사과를 먹을 땐 사과를 먹어요》라는 책인데, 그 안에 현대인의 '리-액션'에 대한 글이 있어요. 요약하자면 이래요. '현대인은 하루 종일 '리액션'이란 것을 하면서 산다. 리액션은 타인의 욕망에 응하는 행위이다. 따라서 이 행위에 몰두하면 할수록 나 자신의 욕망은 점점 거부되고 잊힐지도 모른다.' 그래서 저자는 리액션하지 않는 시간을 꼭 확보해야 한다고 말하고 있어요. 리액션하지 않는 시간. 타인의 욕망에 응하지 않는 시간. 아마도 언니가 이야기하는 '스스로에게 솔직해지기 위한 태도'와 같은 말이겠지요.

그날 나는 소셜미디어에 책을 추천하며 이런 글을 남겼다.

가끔은 연필을 들고 밑줄을 죽죽 긋는다. 이 책이 지금의 나에게 꼭 필요한 말을 해주고 있다고 느낄 때 그렇다. 연필 끝으로 꾹꾹 눌러 내가 지금 공감하고 있다고, 그렇게 말해주어 고맙다고 전한다.

우리 집에서 가장 '쓸데 없는 물건'을 고르라고 한다면 단연 LP라 말하겠다. 음악을 하는 아빠의 영향으로 어렸을 적 우리 집엔 LP가 많았다. 가스가 끊겨 가족들이 날달 걀에 밥을 비벼 먹어도 집 한편에 고고하게 쌓여있는 LP를 원망스러운 눈으로 봤던 기억도 있지만, 나는 주말 아침이면 턴테이블에서 흘러나오는 음악 소리와 함께 잠에서 깨는 걸 좋아했다. 창문으로 들어오는 선선한 바람과 누군가의 낭창한 목소리가 어우러진 기타 선율, 매트리스 위에 둘러앉아 늦은 아침으로 아이스크림 한 통을 나눠 먹던 일요일. 몇 안 되는 유년 시절의 좋은 기억이다.

그 기분을 되감다 못해 재현하고 싶었던 나는 독립을 기념하며 스스로에게 턴테이블과 LP 몇 장을 선물했다. 물론 이것도 비움을 고민한 적이 있다. 고민의 이유는 한결같았다. 없어도 살 수 있으니까. 나는 여느 때처럼 붙박이장 구석에 턴테이블과 LP를 넣어두고 한 달 정도 살아보기로 했다. 대부분의 물건은 잊혀 나눔이나 판매로 이어졌지만, 결국 턴테이블과 LP는 아직도 내 거실에 버젓이 자리하고 있다.

나는 매일 턴테이블 앞에 서서 음악을 고른다. 자분히 아침을 맞이하고 싶은 날엔 쳇 베이커나 빌 에반스를, 비가 오는 날엔 에디 히긴스 트리오를, 빵을 굽는 날엔 노팅힐 OST를, 기분 전환이 필요한 날엔 시가렛 애프터 섹스나 브루노 메이저를 듣는다. 어떤 걸 골라도 결론은 행복인 선택지가 집 안에 있다는 건 결코 당연한 일이 아니다.

누군가는 핸드폰으로 셀 수 없이 많은 곡을 들을 수 있는데 LP 몇 장을 반복해서 듣는 게 왜 좋냐고 물었다. 나는 mp3에 스무 곡 남짓의 노래를 겨우 넣고 매일 반복해서 듣던 그때를 기억하냐고 되물었다. 나는 그 수고로움이 좋다. 새로운 곡을 넣고 싶어지면 울며 겨자 먹기로 뺄 곡을 고심하던 그때의 아날로그적 감성과 사고를 놓치고 싶지 않다. 내 손에 쥔 것을 더 소중히 아끼고 싶다. 그런 의미에서 종이책과 LP는 내게 '쓸데 없는 물건'이 아니다. 속도가 생명이라 가르치는 세상에서 이따금 나를 효율의 반대편에 존재하게 만드는 것. 그것이 내가 원하는 쓸모이기 때문이다.

집에 물건을 들일 때면 간소화에 초점을 맞추던 시기가 있었다. 실용성이 없는 물건은 사지 않고 여러 가지 선택지가 있으면 그중 가장 작고 단순한 디자인을 골랐다. "집에 사람 사는 온기가 없어 보여요"라는 댓글이 심심치 않게 달리던 시절이었다. 당시 함께 살던 동생은 식기 건조대가 없어 매번 그릇의 물기를 닦아내 수납하는 게 귀찮다고 호소했고 나는 퇴근 후 집에 오면 침대에 앉아 책을 읽는 것 외의 취미 생활이 전혀 없었다. "단순한 게 취향이야"라고 말하곤 했지만 사실 취향마저 버린 빈집에 가까웠다.

하지만 독립을 해서 나만의 공간이 생기고, 퇴사 후 프리랜서가 되어 집에 머무는 시간이 길어지면서 물건을 고르는 기준도 달라졌다. 간소화를 등한시하는 건 아니지만 조금 부피를 차지하거나 매일 사용하지는 않을지라도 집에 있는 시간을 좀 더 행복하게 만들어주는 물건을 들이기로 한 것이다. 볕이 잘 드는 창가와 책상 위엔 화분이 놓이고 좋아하는 책방에서 만든 커다란 디퓨저를 잘 보이는 곳에 올려둔다. 예전엔 놀러온 지인들이 "사람 사는 집 맞냐", "모델하우스 같다"는 반응을 보이면 신이 났는데, 요즘은 "집이 정말 네 집 같다", "너처럼 꾸몄다"는 말을 들으면 기분이 좋다. 더 이상 '광공 인테리어' 같은 말은 듣지 못해도 청바지나 신발처럼 시간이 지나며 자연스럽게 내 몸에 착 맞는 집으로 변해가는 것 같아 뿌듯하다.

물건 비우기에 대해 이야기했던 어느 날의 강연에서 이런 질문을 받았다. "저는 별명이 취미 부자예요. 그림 그리는 것도 좋아하고 뜨개질도 재밌고 남들보다 책도 많은데, 이럴 땐 어떻게 해야 할까요?" 나는 망설임 없이 대답했다. "부럽네요. 일상에 설레는 일이 많다는 증거니까요. 그럼에도 물건을 비우고 싶다면 좋아하는 취미는 남기고 그 외의 것들을 더 비워보세요. 모든 건 영원하지 않잖아요. 좋아하는 게 많은 지금 시간이 더 소중하지 않을까요?"

애정에도 유효기간이 있다고 생각한다. 침대에 누워 패션 잡지를 보는 게 유일한 낙이었던 내 모습은 언젠가부터 자취를 감췄다. 시간 내서 공연까지 보러 갔던 래퍼의 음악을 더 이상 듣지 않는다. 얼마 전엔 친구와 늘 인생 영화라고 이야기했던 영화를 다시 봤는데 둘 다 과거의 우리를 이해하지 못했다.

아무리 죽고 못 사는 것도 손바닥 위의 모래처럼 소리 없이 우리를 떠나는 순간이 온다. 좋아하는 것이 생겼을 때 열과 성을 다해 마음을 써야 하는 이유다. 우리가 그토록 갖길 원하는 자기애라는 건 사실 별게 아닐지 모른다. 내가 무엇을 할 때 행복한지 아는 것. 그리고 그걸 품 안에서 소중히 하는 것. 그런 의미에서 설레는 걸 지키는 건 나를 지키는 일이다.

→ 나의 경우,

내 집에 있는 물건의 쓸모는 타인이 아니라

내가 결정한다. 종이책보다 전자책이,

LP판보다 핸드폰이 더 편할지 모르지만

나는 책의 물성과 LP판의 수고로움을 사랑한다.

그렇다면 종이책과 LP판은 내게 가장 쓸데 있는 물건이다.

당신의 루틴은 무엇인가요?

소설가는 이런 질문을 받는다. 글쓰기를 위해 매일 실천하는 게 있나요? 싱어송라이터는 이런 질문을 받는다. 작업을 하진 않을 땐 뭘 하시나요? 프리랜서인 일상 유튜버는 이런 질문을 받는다. 몇 시에 일어나 몇 시에 주무시나요? 사람들이 궁금해하는 것들을 한마디로 정리하면 이렇다. 당신의 루틴은 무엇인가요?

사람들은 왜 창작자의 루틴을 궁금해할까. 그건 우리가 그토록 갈망하는 영감이라는 게 하루아침에 생기는 우연이 아닌 꾸준히 갈고닦은 일상에서 비롯된 노력의 산물이라는 걸 알고 있기 때문이다. 습관이 대체로 자각하지 못하고 무의식 중에 나오는 행동이라면 루틴은 내가 원하는 목적을 이루기 위해 의식적으로 만든 규칙이다. 삶을 단순화해서 불필요한 에너지 낭비와 변수를 줄이고, 시간을 확보해 가치 있는 곳에 쓰기 위해 스스로 설계한 삶의 규칙이 루틴인 것이다.

이를테면 내가 아침에 일어나 커피를 내리는 건 습관이지만 커피를 마시며 뉴스레터를 보는 건 세상이 돌아가는 이야기를 알기 위해 만든 루틴이다. 습관만 있고 루틴이 없었던 스물한 살엔 헛발질을 자주 했다. 루틴이 사라진 이유는 삶의 목적이 사라졌기 때문이었다. 치열했던 재수 생활을 마치고 원하는 대학교에 합격했다는 기쁨도 잠시, 학교의 현실은 내 이상과 170도쯤 반대편에 있었다. 강압적인 행사와 선배들의 기합, 잘해보려고 노력할수록 알짤없이 틀어지는 관계들이 나를 지치게 했다. 피땀 흘린 노력의 결실이 겨우 이것이라는 사실을 믿기 힘들었고 곧 모든 게 시들해졌다. 자퇴를 할 수 없으니 학교에 가는 버스를 탔고 F를 받을 수 없으니 과제를 했다. 돈이 없어서 아르바이트를 했고 혼자 있는 시간이 싫어서 밖을 맴돌며 친구들과 술을 마셨다. 아무 책이나 펼치고 아무렇게나 덮었다.

게으르거나 방탕하게 보내지는 않았지만 일상의 규칙

을 세울 의지는 사라졌다. 루틴이 없다는 건 일상에 금이 가 삶이 아슬아슬해진다는 걸 의미했다. 알맹이 없이 둥둥 떠 다니는 자신을 감각할 때마다 공허와 설움이 북받쳤다. 나는 결국 한 학기 만에 휴학을 결심했다. 다행히 억지로 만든 물리적 거리는 마음을 회복시키고 잃어버린 일상과 루틴을 되찾게 해줬다.

하루를 좋아하는 일로만 채울 수 있다면 더할 나위 없이 좋겠지만 인생이 언제 그리 쉬운 적이 있었나. 루틴을 만들고자 하는 이들은 대부분 이루고자 하는 목표가 있는 사람들이다. 그림을 잘 그리고 싶은 사람은 하루 열 장 크로키나 매일 한 시간 그리기를 실천하고, 시험 성적을 잘 내고 싶은 사람은 하루에 듣는 인터넷 강의의 개수나 살펴볼 참고서의 쪽수를 정하고 지키기 위해 노력한다.

제각기 목표가 다르기에, 루틴은 반드시 모두 같을 필요는 없다. 내가 루틴을 만드는 이유이자, 이루고자 하는 삶의 목표는 그날 하루를 평화롭게 보내는 것이다. 이게 무슨 뚱딴지 같은 소리인가 싶을 수도 있지만, 우울한 내 모습이 싫어 더 우울해지고 화를 내는 내 모습이 싫어 더 화가 나는 성격상 평점심을 잃지 않고 하루를 무사히 마치는 일은 그 어떤 것보다 중요한 목표일 수밖에 없다.

나는 그래서 울며 겨자 먹기로 운동을 한다. 체력이 없으면 예민할 일이 많아진다. 책상 앞에 오래 앉아 있기 힘들고 자꾸 졸려서 짜증이 나고 누군가의 사소한 행동이나 말 한마디에 일희일비한다. 시련 앞에 중심을 잡고 서있을 수 있게 만드는 마음의 지구력도 운동으로 만들 수 있다.

회사에 다닐 땐 매주 토요일을 외출하는 날로 정했다. 주 5일 출근하는 직장인에게 주말 하루가 얼마나 소중한지 설명이 필요할까. 이불 밖으로 한 발자국도 벗어나고 싶지 않은 소중한 주말이지만, 하루라도 밖에 나가 서점에서 신간을 구경하고 새로운 전시를 보고 핫하다는 거리에 가서 사람들을 구경하는 일이 디자이너로서의 업을 도와주리라 믿었다. 그렇게 공부 아닌 공부를 하고 나서 저녁엔 친구와 포장마차에서 만나 오돌뼈 한 접시에 소주를 마시며 주말에 작별을 고하는 게 일주일을 정리하는 루틴이었다.

여러 시행착오를 거쳐 만들어낸 나의 루틴은 다음과 같다. 다른 이들이 보기엔 너무 소소할지 몰라도, 나에게는 일상을 지탱해 주는 소중한 루틴이다.

1. 모닝 루틴

프리랜서의 특권으로 나의 아침은 대부분 알람 시계 없이 시작된다. 눈을 뜨자마자 하는 일은 침구 정리. 아침에 일어나 잠자리를 정리하는 일은 성공한 사람들이 가장 강조하는 습관 중 하나다. 흐트러진 베개와 이불을 각 잡아 정리하고 그 위에 편백수 스프레이를 뿌린다. 실제로 탈취나 향균 효과가 얼마나 있는지 눈으로 볼 순 없지만 피톤치드를 닮은 상쾌한 향을 맡는 것만으로도 기분이 한결 나아진다.

주방으로 건너가 미지근한 물 한 잔과 유산균을 챙겨 먹고 비염에 좋은 작두콩차를 준비한다. 넷플릭스를 좋아하지만 아침부터 영상은 눈에 잘 들어오지 않아서 책을 보며 마신다. 아로마 버너를 데우고 명상을 하거나 mp3에 넣을 노래를 찾기도 한다. 좋아하는 일로 하루를 시작하는 건 아침에 일어나기 싫어하는 나를 위해 만든 습관이다.

잠을 좀 깨운 다음 간단하게 아침을 먹고 나면, 텀블러를 들고 헬스장에 간다. 운동을 즐기는 편은 아니지만 건강을 위해 올해 목표를 '짧게라도 매일 운동하기'로 잡은 탓이다. 아직 발목이 다 낫지 않아서 상체 위주로 근력 운동을 하거나 사이클을 50분 정도 탄다. 이것도 귀찮은 날엔 집에서 유튜브를 보며 2, 30분 정도 홈트레이닝을 한다. 이렇게 땀을 내고 개운하게 샤워를 마치면 오늘 일과를 시작할 준비가 끝난다.

2. 나이트 루틴

일은 되도록 8시 전까지 끝내려고 하지만 프리랜서의 숙명으로 물 들어올 때 노를 저어야 하기에 새벽까지 책상 앞에 앉아 있는 날도 있다. 그래도 그럭저럭 한가한 시기엔 저녁을 먹고 나면 휴식이 찾아온다. 불면증에 대한 두려움이 내재되어 있는 탓에 밤의 시간은 주로 잠으로 향하기 위한 과정이다. 낮에도 마찬가지지만 밤에도 형광등은 웬만해선 켜지 않는다.

덴마크어로 '분위기를 깨는 사람'을 '뤼세슬루케르 lyseslukker'라고 부르는데, 바로 '촛불을 끄는 사람'이라는 뜻이다. 그만큼 조도는 분위기를 만드는 데 중요한 역할을 한다. 따뜻한 빛이 감도는 은은한 조명을 켜놓고 영화나 책을 보며 혼자만의 시간을 보낸다. 유달리 보상이 필요한 날엔 차가운 맥주도 곁들인다. 요즘은 자기 전에 아로마 오일과 괄사로 얼굴과 어깨를 마사지해 준다. 언젠가부터 아로마 오일은 책상 위, 침대 머리맡, 욕실 등 손이 닿는 곳곳에 놓아두고 수시로 바른다. 천천히 마사지를 한 후 몸에 바르고 남은 향을 손바닥에 모아 코끝에 대고 잠시 즐기고 나면 오늘 하루를 마무리할 준비가 끝난다. 모두 나의, 나에 의한, 나를 위한 루틴이다.

다행인 점은 좋아하는 일이든 해내야 하는 일이든, 모든 루틴이 마음에 평화를 가져다 준다는 점이다. 퇴근 후 침대로 다이빙하고 싶은 충동을 이겨내고 땀 흘리며 운동한 뒤에 찾아오는 뿌듯함은 나만 경험해 본 감정은 아닐 것이다. 좋아하는 일을 더 잘하기 위해 시간을 양보해 본 사람들은 안다. 이런 사소한 행동이 삶을 내가 원하는 방향으로 굴러가게 한다는 사실을.

→ 나의 경우,

삶은 거저 살아지지 않는다.

늘 예기치 못한 상황에 대처하고,

실수를 수습하고,

닥쳐올 미래에 대비해야 한다.

그래서 삶은 늘 어렵고 혼란스럽게 느껴진다.

우리는 절대 호락호락하지 않은 이 세상에서

나만의 규칙을 세우고 다듬어가며

일상을 유지하는 힘을 길러야 한다.

반복적인 동작에 근육이 생기듯 반복되는 일상이

우리를 한층 더 단단하게 만들어줄 것이다.

내 보통의 일상 루틴을 타임라인으로 정리해 봤다.

AM 8:00	아침에 일어나면 폼롤러 스트레칭이나 명상을 한다. 하루를 시작하기 전 몸과 마음을 가볍게 만드는 데 집중한다.
AM 8:30	간단하게 아침을 먹으며 책이나 뉴스레터를 본다. 아침엔 역시 갓 구운 빵과 커피지.
AM 10:30	좋아하는 노래를 틀고 책상에 앉는다. 메일 답장이나 일정 정리 등의 간단한 업무를 하며 굳어진 머리를 깨운다.
PM 2:00	하루 한 번은 꼭 창밖을 보며 멍을 때린다. '아무것도 하지 않기'는 꾸준한 연습을 통해서 가능해진다.
PM 3:00	오늘도 동네 카페 출석. 프리랜서 4년 차에 접어드니 작업 환경을 환기시킬 필요를 느낀다.
PM 7:30	저녁을 먹고 나면 양손을 가볍게 하고 외출한다. 공원이 가까운 곳에 이사온 뒤로 밤 산책은 빠지지 않는 일과가 됐다.
PM 9:00	가장 좋아하는 나만의 시간. 좋아하는 책이나 영화를 보며 하루를 마무리할 때의 행복이란!

창밖 보며 멍 때리기, 나의 가장 중요한 루틴.

오래 준비해 온 문장

머릿속에 떠올리기만 해도 마음이 편안해지는 단어가 있다. 그것은 세상만사에 이리저리 떠밀려 너무도 쉽게 잊히지만 진정으로 필요한 순간이 되면 언제 숨어 있었냐는 듯 모습을 드러낸다. 추억, 시, 눈꽃, 핫초코, 윤슬, 별……. 나에게 그것은 문장이다. 문장은 내게 집, 짝꿍, 노래, 영화 같은 단어다. 그것은 내게 안정이며 낭만이고 사랑이다. 사람들이 여행의 기억을 간직하기 위해 엽서를 사 모으듯 나는 책 속을 유영하다 찾은 문장을 조심조심 노트에 옮겨다 놓고 그것이 해답을 내려주는 마법 구슬이라도 되는 것처럼 인생의 무의미가 덮쳐오는 순간마다 꺼내어 들여다보았다.

우스운 생각이란 걸 알지만 어떤 문장은 꼭 일평생에 걸쳐 기다려 온 것만 같다. 책을 읽기 전까진 그 문장의 존재조차 몰랐던 주제에, 마치 목이 갈라지는 고통의 끝에서야 겨우 찾은 오아시스처럼 느껴지는 것이다. "궁금해/사람들이 자신의 끔찍함을/어떻게 견디는지"(안미옥, 〈캔들〉)는 악플을 남기는 사람들을 측은하게 여길 수 있게 해줬고, "각자의 크리스마스가 따로 있는 거야. 없으면 너도 하나 만들어"(최진영,《해가 지는 곳으로》)를 봤을 땐 잠잠히 고여있던 생각의 호수 위에 누군가 돌을 던져 균열이 생기는 듯했다. "우리가 서로를 발견할 때까진, 우리는 혼자일 수밖에 없다"(김은주,《생각하는 여자는 괴물과 함께 잠을 잔다》)는 분노와 외로움이 짙어지는 밤을 견딜 수 있게 해줬고, "잠겼으니까 그럴 수 있다고, 언젠가 자신도 잠기게 되면 어떤 독을 스스로 복용하게 될지 모르는 일이라고 말이다"(정세랑,《피프티피플》)는 누군가의 행동을 쉽게 판단하지 말아야겠다고 다짐하게 해줬다. 나는 이런 문장들을 입안에 넣어 오랫동안 녹여 맛보고 꿀꺽 삼켜 그것이 영양분처럼 내 피와 살이 되길 바랐다.

회의 때문에 월요일 아침 출근을 좋아할 정도로 사람들과 일하는 걸 즐기는 나지만, 회사는 좋아하는 일만으로 굴러가지 않았다. 내 생각처럼 흘러가지 않는 회사의 방향성, 잦은 야근에 비해 밥값과 월세를 메꾸기에도 벅찬 월급, 책 한 줄에도 내어줄 공간 없이 소진되어 버린 몸과 마음을 이끌고 집으로 향하던 퇴근길을 기억한다. 산다는 건 본래 힘든 일이고 다른 선택지가 있는 것도 아니기에, 무엇보다 남들도 다 이렇게 사는 것 같아서 퇴사를 고려해 본 적도 없었다.

변곡점은 놀랄 만큼 갑작스럽게 찾아왔다. 출근 도장을 찍고 여느 때처럼 동대문 원단 시장을 돌던 아침, 원단 먼지를 가득 마시며 코를 훌쩍이다 문득 '이렇게 사는 게 맞나?'라는 생각이 들었다. 모든 걸 그만두어야겠다고 결심한 건 그 순간이었다. 고민하면 실행하지 못할 것 같아 그날 점심에 바로 대표님에게 퇴사를 통보했다. "나 퇴사해"라고 말하자 친구들의 단톡방에는 물음표가 백 개쯤 쌓였다.

혼란스럽기는 나도 마찬가지였다. 로또에 당첨되면 당첨금을 어디에 쓸지 수천 번도 넘게 시뮬레이션해 봤지만 갑자기 생겨버린 시간은 어떻게 써야 할지 몰랐던 나는 일단 회사에 다니는 동안 가장 꿈꿨던 삶을 살아보기로 했다.

바로 먹고 싶으면 먹고 자고 싶으면 자며 고삐 풀린 망아지처럼 살아보기. 주말에도 아침 6시에 일어나 저녁 11시에 자는 삶이 언제 있었냐는 듯 나는 그 분야에 뛰어난 재능을 보였다. 새벽까지 드라마를 정주행하며 배달 음식을 시켜먹고 다음 날 해가 중천이 되어서야 이불 밖을 벗어나는 일상이 반복됐다. 평일이고 주말이고 상관없이 친구들을 번갈아 불러내 술도 부어라 마셔라 들이켰다. 프리랜서로 자리 잡기 위해 유튜브를 시작하고 소소한 용돈 벌이도 하기는 했지만 그 외의 시간은 절제라는 걸 잊은 사람처럼 지냈다. 나는 그걸 프리랜서의 자유라고 불렀다. 이승우의 《캉탕》을 펼친 건 그 무렵이다.

내버려둠의 상태를 자유와 혼동하지 말 것.

문장은 당근과 채찍이 확실해서 한없이 다정하게 나를 안아주다가도 가끔은 이렇게 등짝을 갈기며 정신 차리라고 말한다. 불어난 몸무게와 불안정한 통장 잔고는 내가 자유가 아닌 내버려둠의 상태임을 증명했다. 직장인들이 규칙적인 삶을 사는 것처럼 프리랜서에게도 자신만의 체계가 있어야 한다는 사실을 외면하고 지냈다.

프리랜서의 자유라는 건 숙취에 시달려 다음 날 하루를 망칠 수 있는 게 아니라 12시로 정해진 점심시간을 2시로 바꿀 수 있는 정도의 것을 의미했다. 사람이 없는 아침에 은행을 다녀오고 싶으면 '나인 투 식스' 대신 '원 투 텐'으로 일해야 하고, 장기 여행을 떠나고 싶으면 미리 몰아서 일을 처리하거나 그만큼의 불안을 감내해야 했다. 남들과 다른 타임라인을 만들더라도 스스로 마감을 정하고 규칙적으로 끼니를 챙겨먹고 운동을 하며 내 하루를 책임져야 하는 것이었다.

문장은 이렇게 사고를 헤집어 놓을 뿐 아니라 나를 움직이게 하기도 한다. 여행을 함께한 친구들과 헤어져 한국으로 돌아가기 전, 히드로 공항에 도착해야 하는 시간까지 여유롭지 않았지만 빨간 2층 버스에 몸을 싣고 채링크로스 로드로 향했다. 해리포터 시리즈 촬영지의 모티브가 된 곳으로도 유명한 채링크로스 로드는 우리나라로 따지면 청계천 책방 거리 같은 곳이다. 이곳엔 영국의 대형 서점 '포일스 북숍'과 1855년에 개점한 중고 서점 '프란시스 에드워즈'가 공존한다.

비가 쏟아지는 채링크로스 로드를 걸으며 오래된 책의 쿰쿰한 냄새를 찾아 문을 열었다. 어떤 곳은 영화 노팅힐의 배경처럼 세계 각국의 여행 서적만을 취급했고, 어떤 곳은 책보다 세월의 흔적이 우아하게 느껴지는 책장에 눈이 갔고, 어떤 곳은 세일 상품이 있는 지하로 가려면 좁고 가파른 계단을 타고 내려가야 해서 마치 내가 책방을 탐험하는 영화 속 주인공이 된 것 같았다. 나는 거대한 책장 아래에 앉아 눈앞에 있는 헌책을 꺼내보기도 하고 책을 고르다 책방 주인과 대화를 나누는 사람들을 구경하기도 했다. 고개를 들어도 책, 책방을 나서도 책, 눈이 마주치는 사람들의 손에도 책이 있었다. 책이 가득한 공간을 좋아하는 내가 얼마 남지 않은 여행의 시간을 쓰기에 이만큼 적절한 곳이 있을까. 그곳엔 과거와 현재, 문학과 삶이 교차했다. 이 모든 경험이 가능했던 건 《채링크로스 84번지》 속 이 문장 덕분이었다.

오래전에 아는 사람이 그랬어요. 사람들은 자기네가 보고 싶은 것만을 보러 영국에 간다고. 제가, 나는 영국 문학 속의 영국을 찾으러 영국에 가련다. 그랬더니 그 사람이 고개를 끄덕이며 그러더군요. "그렇다면 거기 있어요."

친구는 매년 12월 31일이면 1년 뒤의 자신에게 도착하는 편지를 쓴다고 했다. 과거의 자신이 보낸 편지를 읽는다는 건 나를 가장 잘 아는 친구에게 위로받는 기분일 것이다. 또 한 해를 잘 버텨냈다고, 그 시간 속에서 배운 것을 부디 잊지 말자고, 그리고 내년에도 잘 부탁한다고. 나는 편지를 쓰는 대신 문장을 수집한다.

마음이 휘어지는 순간이 올 때면, 구김 없이 펴진 마음을 상상하며 책을 펼친다. 내 안에 차곡차곡 모아둔 문장들이 나를 위로할 수 있길 바라며 오늘도 책을 뒤적인다.

→ 나의 경우,

누군가 취미를 묻는다면 '문장 수집'이라고 대답할 것이다.

차곡차곡 모아둔 문장들은 나를 한없이 끌어안다가도

어떤 뾰족한 조언보다 날카롭게 내 안을 파고든다.

현실의 소중함을 발견하게 해주는 한편

생각지도 못했던 경험을 만들어주기도 한다.

나는 나를 위해 오늘도 문장을 수집한다.

채링크로스 로드, 내 안에 차곡차곡 쌓일 문장을 찾아서.

사라지는 소비와 지속되는 소비

사람은 누구나 방어기제를 가지고 있다. 관계에서 오는 서러움, 일에 대한 부담감, 예상치 못한 불운 앞에서 우리는 자신을 보호하기 위해 머리를 쓴다. 삶에 대한 불만족을 가장 빠른 시간 안에 해결할 수 있는 방법은 무엇일까. 자연스럽게 쇼핑, 호캉스, 파인다이닝, 배달 음식이 떠오른다. 무엇 하나 쉬운 게 없는 것이 삶이지만 결제는 너무도 쉬운 일이다. 당장의 '소확행'이나 '욜로YOLO'를 외치며 카드를 꺼내는 것이 인생을 쿨하고 멋지게 사는 방법처럼 보이기도 한다.

존 버거는 《다른 방식으로 보기》에서 광고에 대해 이렇게 설명한다.

그것은 우리 각자에게, 무엇인가를 더 사들임으로써 우리 자신이나 우리의 생활이 변하게 될 것이라고 제안한다.

또한 이렇게 이야기한다. 우리가 비록 돈을 써 버려서 전보다 가난하게 되더라도 우리가 조금 더 사들인 바로 그것들이 다른 면에서 우리를 부유하게 해 줄 것이라고 얘기한다.

이건 지갑을 열며 자기합리화하는 우리의 모습이 아닌가. 당연히 나에게도 비슷한 경험이 있다. 저녁 7시쯤이었나. 오전부터 붙잡고 있던 일이 영 풀리지 않아 괴로운 날이었다. 점심을 대충 먹었더니 배가 너무 고픈데 일은 자정이 넘어야 끝날 것 같았다. 오랜 시간 앉아 있으니 허리도 아프고 머리도 지끈거렸다. 일단 저녁을 먹을까. 그때 머릿속에 떠오른 게 마라탕이었다. 밥솥에 아침에 해둔 밥이 있었지만 조금 더 자극적인 보상이 필요했다. 뜨끈하고 얼얼한 국물 한 입에 쫀득한 중국 당면 한 줄이면 단숨에 기분이 좋아질 것이었다. 식단 조절을 해야 하지만 오늘 바쁜 와중에 운동도 한 시간이나 하며 열심히 살았으니, 먹고 나면 다시 힘내서 기분 좋게 일을 이어갈 수 있을 것 같았다. 여기까지 생각했다면 이미 게임은 끝이다. 정신 차리고 나면 마라탕은 어디 가고 텅 빈 플라스틱 용기만 눈앞에 남는다. 기분은 잠시 나아졌지만, 글쎄. 이후의 '현자타임'은 말 안 해도 알 거라 믿는다.

하버드대학교에서 진행한 실험은 부정적인 감정과 소비의 상관관계를 보여준다. 피실험자를 두 그룹으로 나누어 한 그룹은 평화로운 풍경이 담긴 비디오를, 다른 그룹은 슬픈 내용의 영화를 보여준다. 시청이 끝난 후 플라스틱 물통을 보여주고 그것을 사기 위해 얼마를 지불할 것인지 질문한다. 그 결과 평화로운 풍경을 본 사람들은 평균 2.5달러를, 슬픈 영화를 본 사람들은 평균 10달러를 지불하겠다고 했다.

슬픔은 상실과 밀접한 관련이 있고, 큰 상실감을 느끼면 그 빈자리를 채우려는 욕구가 생긴다. 그래서 슬픈 감정을 느끼면 자신이 깨닫지 못하는 사이 평소보다 물건을 더 갖고 싶어 하고, 더 많은 돈을 쓰며 물질적인 것으로 빈자리를 채우는 것이다.

자신의 소득에 적당한 금액의 소비로 가라앉은 기분을 끌어올려 더 나은 오늘을 만들 수 있다면 그걸 나쁘다 말할 수는 없다. 그러나 홧김 비용 뒤에 찾아오는 후회와 다음

달 카드값이 걱정되는 상황이라면 결제창으로 넘어가기 전에 몇 가지 시도를 해보면 어떨까. 다음은 내가 효과를 본 방법들이다.

1. 장바구니 사용하기

가장 추천하는 방법이다. 사고 싶은 물건이 생기면 일단 장바구니에 넣어두고 최소 3일은 지내본다. 당장에 결제로 넘어가고 싶은 찰나의 충동만 잠시 억누르면 반쯤 성공이다. 경험상 아무리 갖고 싶어서 발을 동동 구르던 마음도 3일이 지나면 사그라든다. '내가 왜 이걸 그렇게까지 갖고 싶어 했지?'라고 생각하며 장바구니를 비운다. 심지어 까먹기도 한다. 충동구매를 자주 하는 편이라면 꼭 시도해 보길.

2. 할부 쓰지 않기

큰 가전이나 가구를 사는 특별한 경우가 아닌 이상 할부는 쓰지 않는다. 할부를 쓰면 같은 금액을 지불하는 것인데도 눈앞에는 한 달 치의 금액만 보이니 소비가 한결 쉬워진다. 2만 원+3만 원+5만 원의 결괏값이 500만 원이 되는 건 순식간이다.

3. 주기적으로 대청소하기

대청소를 주기적으로 한다. 이게 웬 뜬금없는 소리인가 싶을 수도 있는데, 내가 가진 물건들을 수시로 파악하는 건 중요하다. 대대적인 옷장 정리를 하다 비슷한 디자인의 청바지를 몇 벌씩 발견하는 불상사를 막기 위해선 주기적으로 물건들을 서랍장에서 모두 꺼내 정리를 하는 습관을 들이면 좋다. 신발장, 옷장, 책장, 냉장고까지 자주 정리하며 내가 가진 것들을 점검하자.

4. 즉각적인 성취감을 느낄 수 있는 일을 찾기

보상이 필요할 때면 작더라도 즉각적인 성취가 느껴지는 일을 해본다. 소비로 스트레스가 풀리는 이유는 돈을 씀으로써 눈앞에 당장 맛있는 음식, 아늑한 숙소, 예쁜 옷이 나타나기 때문이다. 잠시 충동을 억누르고 주방을 10분만 청소하거나 냉장고를 털어서 마음대로 요리를 해보자. 피포페인팅이나 뜨개질 같은 취미를 만드는 것도 좋다.

이런 방법들이 먹힐 때도 있지만 당연히 아닐 때도 있다. 감정과 소비의 연결고리를 완전히 끊는 건 거의 불가능에 가까울 만큼 힘든 일이기 때문이다. 절친한 S는 위의 방법들이 다 헛소리로 느껴질 만큼 꼭 보상이 필요한 하루라는 생각이 든다면, 오늘만큼은 반드시 무언가를 사야겠다면 '지속되는 소비'를 해보라고 권했다.

그의 말에 따르면 소비에는 '사라지는 소비'와 '지속되는 소비'가 있다. 사라지는 소비는 행복은 쉽게 휘발되는 반면 높은 확률로 후회라는 잔재를 남기는 소비를 말한다. 배달 애플리케이션에서 맛집을 둘러보고 음식을 기다리는 과정은 설레지만, 배달 음식을 먹고 나면 쓸쓸한 후회가 남는 것과 같다.

반면 지속되는 소비는 구매하는 순간보다 구매한 이후 만족감이 더 커진다. 대표적으로 식물을 구입할 땐 차를 끌고 화원에 가는 과정보다 집으로 데려와 정성껏 분을 갈고 물을 주며 햇빛에 반짝이는 잎을 지켜보는 일이 우리를 더 행복하게 만든다.

나의 지속되는 소비는 책과 영화다. 머리가 터질 것같이 복잡하고 아무 생각도 하고 싶지 않은 날, 나의 루틴은 서점에 가서 오직 감으로 책을 고른 뒤 상영 시간표를 보지 않고 영화관에 가서 영화를 보는 것이다. 서점에서 책을 고르는 것도 좋지만 내가 고른 책을 읽으며 마음을 울리는 문장에 밑줄을 치는 순간이 더 달콤하고, 극장에서 영화를 보는 것도 즐겁지만 집으로 돌아와 대사를 곱씹으며 감독의 필모그래피를 따라가보는 일까지 행복이 연장된다.

지속되는 소비는 이처럼 뭔가를 사고 난 후에도 일상에 잔잔한 행복으로 남는다. 감정의 결과가 소비가 되는 것은 경계해야 하지만, 호락호락하지 않은 세상에선 내게 지속적인 행복을 주는 소비를 할 줄 아는 것도 분명한 능력이다.

→ 나의 경우,

지속되는 소비를 하기 위해선 내가 무엇을 할 때

행복한 사람인지 알아야 한다. 식물은 사는 순간보다

흙을 만지며 싱그러운 잎을 바라볼 때 더 행복해지는,

대표적인 지속되는 소비다.

나로 존재할 수 있는 시간

"침묵은 그러나 얼마나 믿음직한 수표인가"

기형도 시인의 〈오후 4시의 희망〉 중 한 구절이다. 나는 이 구절을 한 땀 한 땀 정성을 다해 수를 놓듯 가슴에 새기고 말을 아끼며 살았지만, 아이러니하게도 문득 외로워지는 순간마다 나를 위로하는 기억들은 대부분 누군가의 '말'이다.

기대했던 파리 여행의 첫날, 비행기에서 내릴 때부터 쏟아지던 비를 시작으로 갑자기 먹통이 된 구글 맵, 아무리 불러도 오지는 않고 취소 요금만 붙는 우버 덕에 공항에서 세 시간가량을 붙잡혀 있던 나와 친구는 지칠 대로 지치고 예민해져 있었다. 설상가상으로 두 핸드폰 모두 배터리가 꺼지기 일보 직전. 첫날부터 파리에게 문전박대 당하는 기분이었다고 말하면 그때의 암담함이 설명될까. 맥도날드에 가도 세트엔 눈도 돌리지 않고 단품만 주문할 정도로 가난한 여행이었지만, 우리는 결국 울며 겨자 먹기로 택시를 잡았다. 굳은 표정으로 차를 탄 우리와 택시 기사의 가벼운 인사를 끝으로 택시 안은 꽤 오랜 시간 적막으로 가득했다.

가장 먼저 침묵을 깬 건 푸근한 인상의 택시 기사였다. 어디서 왔는지, 파리는 처음인지 같은 질문에 우리는 죽상을 하고 창밖만 보며 형식적인 대답을 했다. 그때 그가 말했다. "너희의 파리 여행은 최고niceful일 거야." 무심결에 깐 포춘쿠키가 행운을 점 지어주는 것처럼, 일말의 위로나 가식이 느껴지지 않는 그 말에 결국 웃음이 터졌다. 그때부터 우리는 다른 여행지와는 다른 파리의 모습이라든가, 환상적인 구름 같은 것들에 대해 이야기했다. 삶을 즐기는 자가 뿜어내는 유쾌한 에너지는 아이스 브레이커가 되기 충분했던 것이다. 그날 택시비로 무려 60유로를 썼지만 파리의 첫날을 망치지 않은 값치곤 나쁘지 않았다.

살다 보면 이것이 운명인가 싶은 순간이 온다. 우연히 무언가를 만났는데, 그것이 내가 애타게 찾아 헤매던 것이라는 확신이 드는 순간. 파리의 카페에서 내가 그린 그림을 집에 걸어놓고 싶다고 말해준 할아버지, 일주일 내내 비가 오다 겨우 찾아온 맑은 날 "Enjoy the sunshine!"이라는 말로 우리를 행복하게 만든 영국의 편집숍 직원, 이곳엔 와이파이가 없으니 오늘은 '가장 좋아하는 책'에 대해 서로 이야기를 나눠보라고 쓰여있던 아이슬란드 카페의 칠판. 낯선 세계에서 순진무구한 다정함을 마주할 때면 나는 발밑이 아찔해지는 걸 느낀다. 평소답지 않게 순간이 영원하길 기도했고, 그럴 수 없다는 사실에 슬프기도 했다.

말로 설명하기 어려운 이 감정은 훗날 알랭 드 보통의 소설 《왜 나는 너를 사랑하는가》를 다시 펼친 뒤로 언어의 옷을 입을 수 있게 됐다. '안헤도니아'는 행복을 잃을지도 모른다는 갑작스러운 공포에서 생기는 것으로, 고산병과 매우 흡사하다고 규정된 병이다. 스페인의 아름다운 관광지인 아라스 데 알푸엔테를 여행하는 사람들 사이에 흔한 병이라고 책은 말한다. 이것이 실제 있는 병인지 작가가 만든 허상인지 알 수 없지만, 내가 느낀 증상을 이보다 더 잘 설명할 수 있는 단어는 없다. 잃을까 두려운 나머지 어지러움을 느낄 정도의 행복이라니. 여행은 나에게 무엇을 보여주는 걸까.

여행을 뜻하는 단어 'travel'은 노고를 뜻하는 'travail'과 어원이 같다. 여행하는 시간을 만드는 건 부디 무탈하고 평화롭길 바라는 일상에 이변을 허용하는 일이다. 직장인 신분에 무리해서 떠났던 첫 아이슬란드 여행이 그랬다. 그즈음 나는 매일 갈증을 느끼고 있었다. 힘들지만 보람 있던 일도, 서울 곳곳을 돌아다니며 문화생활을 즐기던 주말도, 심지어 영화와 책까지 모든 게 지루하게 느껴졌다. 한마디로 인생의 '노잼 시기'가 찾아온 것이다.

그때 소셜미디어로 친구 S가 아이슬란드행 비행기 티켓을 끊었다는 소식을 접했다. 직장인 친구 H가 함께한다기에 퇴사를 했냐고 물어봤더니 연휴가 껴있는 시기에 연차를 쓰면 2주 가까이 여행을 할 수 있다는 구체적인 답변이 돌아왔다. 나는 다음 날 출근 도장을 찍자마자 대표님에게 컨펌을 받고 표를 끊었다. 일을 마무리하기 위해선 떠나기 전날까지 야근이 불가피했고, 미래의 연차까지 끌어모은 탓에 앞으로 쉴 수 없다는 걱정이 앞설 만한데 나는 마냥 들떠있었다. 사실 그 유명한 〈꽃보다 청춘〉 아이슬란드 편도 보지 않았던 내 목적이 아이슬란드였을 리가 없다. 그저 갈증에 시달리던 내게 '아이슬란드'라는 낯선 단어가 '자리 끼'로 읽혔을 뿐이다.

아이슬란드에서 링로드 투어를 마치고 돌아가는 길, 심상치 않은 크기의 눈발이 쏟아지기 시작하더니 외딴 오두막 같은 숙소에 도착했을 무렵엔 온 세상이 하얗게 뒤덮여 내가 진정 얼음 왕국에 있음을 실감하게 했다. 순식간에 발이 묶였지만 미리 사놓은 맥주와 와인, 호스트가 비치해 둔 트럼프 카드가 있는 우리에겐 문제가 되지 않았다. 와인 한 병이 두 병이 되고, 한 게임이 두 게임이 되고, 와인잔이 맥주병으로 바뀌는 장장 다섯 시간 동안 우리는 원카드를 했다. 처음엔 가볍게 설거지 내기, 그 다음엔 손목 맞기, 손목이 아파 견딜 수 없어진 다음엔 밖으로 나가 냄비나 국자로 눈 퍼먹기. 사방으로 눈을 돌려도 눈밖에 보이지 않는 낯선 곳에서 우리는 연신 배가 아플 정도로 깔깔 웃고, 각자 취향의 노래를 돌려 들으며 깊이 빠지고, 기꺼이 취했다. 지금이 인생 최고의 순간이라는 친구의 말은 그 순간을 더 특별하게 만들기 충분했다.

모두의 손목에 시퍼런 멍을 훈장처럼 달고 일어난 다음 날. 우리는 종아리 절반 깊이까지 쌓인 눈을 보며 고립되었음을 빠르게 인정하고, 버려도 괜찮을 옷들을 껴입고 밖으로 나갔다. 발걸음마다 뽀드득 소리가 나는 눈을 밟으며 눈동산을 기껏 기어올라가 굴러서 내려오고, 마음껏 소리를 지르며 눈싸움을 하고, 그러다 목이 마르면 발치의 눈을 녹여 먹었다. 나는 오늘도 밤새 눈이 내려 내일 공항에 갈 수 없게 되길 진심으로 빌었다.

수천 년의 세월을 이겨낸 빙하, 검은 모래가 반짝이는 해변, 희미하지만 분명히 밤하늘을 너울거리던 초록빛의 오로라……. 아이슬란드에선 이제껏 본 적 없는 진귀한 것을 많이도 경험했지만 나는 숙소에 갇혀 어린아이처럼 놀았던 우리의 모습이 가장 애틋하고 그립다. 그날 밤 일기에 쓴 글은 예언이 되었다.

이 순간을 기억하며 울 것이라는 예감이 들었다. 내일 죽어도 아쉽지 않을 여행이다.

여행은 뭐길래 내 인생을 아쉽지 않게 만드는 걸까. 여행이 뭐라고 나를 완전하게 하는 걸까.

돌이켜 보면 빛나는 여행의 순간들은 모두 내가 나라서

행복하다고 느낄 때였다. 다른 곳에서 다른 일을 하며 다른 삶을 사는 나를 상상하지 않고, 있는 그대로의 지금 내 모습을 사랑할 수 있을 때 행복했다. 나는 여행지에서 점심부터 맥주를 마시고 튈르리 공원에서 소매치기 걱정도 잊은 채 낮잠을 즐기고, 목적지로 향하다 햇살이 좋으면 잔디밭에 자리를 깔고 앉아 그림을 그리는 내가 좋았다. 다시는 볼 일 없는 사람과 시시콜콜한 농담을 나누고, 소중한 이를 깜짝 놀라게 해줄 선물을 고르고, 읽지 못하는 책이 가득한 헌책방 거리를 배회하는 자신과 사랑에 빠졌다.

어떠한 검열 없이 예쁜 걸 보며 예쁘다 말하고 호의를 그저 호의로 받아들일 수 있기에 가능한 행복. 낯선 곳이기에 책임질 걱정 없이 선택하고 정해진 시간을 오롯이 즐기는 데 몰두하던 시간. 끊임없이 내가 원하는 것은 무엇인지 질문하며 온전히 나로 존재할 수 있는 기회. 그럼에도 돌아갈 곳의 소중함을 이따금씩 깨닫게 해주는 하루하루. 아, 역시 여행은 나를 살고 싶게 만든다.

→ 나의 경우,

와이파이가 없으니 서로 이야기를 나누어 보라는

귀여운 제안 아래에 그날의 토픽을 제시하는

아이슬란드 카페의 칠판.

좋아하는 책, 영화, 취미 등

와이파이의 빈자리를 채울 수 있는 방법은 많았다.

생각하는 방식에 따라 부재는

설렘이 될 수도 있다는 걸 배운다.

내가 미라클 모닝을 실패한 이유

나를 움직이는 생체 시계가 남들과 다르다는 걸 일쩌감치 깨달은 덕에 인생에서 시간 낭비를 덜 수 있었다. 수능이 가까워져 자율 학습이 많았던 고등학교 3학년 땐 등교하자마자 담요를 덮고 잠에 들어 점심 먹을 시간이라는 짝꿍의 말에 눈을 떴다. 밥을 먹고 가볍게 산책을 하고 나서야 책상에 허리를 세우고 앉아 책을 펼쳤고, 야간 자율 학습을 하는 대신 미술 학원에서 그림을 그리고 집으로 돌아와 새벽 2시까지 공부를 하고 잤다.

학교에 갈 필요가 없는 재수 시절엔 깔끔하게 재수 학원을 포기하고 11시쯤 미적미적 일어나 공부를 시작했다. 인생 그 어느 때보다 자신과 타인을 비교하는 시기에 아침잠이 많은 내가 원망스럽지 않았다면 거짓말이지만, 오전엔 병든 닭처럼 꾸벅꾸벅 졸다가도 밤이 되면 주변 소리가 들리지 않을 정도로 집중력이 높아지는 나에겐 최선의 타임 테이블이었다.

몇 년 전부터 미라클 모닝이란 단어가 귀에 자주 들린다. 새벽에 일어나 출근하기 전에 명상이나 운동, 공부를 하며 자기 계발의 시간을 갖는 사람들이 많다. 나는 아침잠 10분을 더 확보하기 위해 아침밥, 샤워 과정, 출근 시간을 어떻게든 줄이려고 노력하며 살았는데 새벽 4시 30분에 일어나 공부를 한다니, 놀라운 일이다.

나름 인생을 '열심히' 살아왔다 자부하고 '잘' 살기 위해 부단히 고민하지만, 아침에 일어나 출근을 하고 사람들과 어울리고 끼니를 챙겨 먹고 각자의 일을 하는 것만으로도 사람은 자기 몫을 해내는 거라 생각하는 내겐 미라클 모닝이 일종의 자기 학대처럼 느껴졌다. 언제 끝나도 이상하지 않은 게 삶인데, 그렇게까지 급하게 갈 필요가 있나 하는 주제넘은 생각까지 들었다. 그런 건 나와는 다른 사람들의 이야기라고, 《타이탄의 도구들》 같은 책 속에 나오는 성공한 CEO들의 것이라 여겼다.

장점을 꼽으라면 일장 연설도 가능하지만 그만큼의 단점 또한 말할 수 있는 게 프리랜서의 삶이다. 혼자 일하기 때문에 생기는 장점들은 어느 순간 독이 되기도 한다. 예정됐던 일이 기약 없이 미뤄지거나 엎어졌을 때, 몸과 마음이 아파 잠시 일을 쉬었더니 아무도 날 찾지 않는다는 걸 깨달을 때면 막막하고 불안해져 괜히 잠잠한 메일함을 들락거린다. 어떤 일을 잘했다고 성과급이 나오거나 동료들의 박수를 받는 일도 없기에 흐트러지기도 쉽다.

　한껏 풀어져 게으르게 살아도 눈치 주는 사람이 없기 때문에 스스로 중심을 잘 잡아야 하지만, 프리랜서 4년 차로 접어드니 일과 일상의 경계가 무너지고 불안을 피해 이불 속으로 몸을 숨기는 날이 잦아졌다. 사람에게 치이는 일 없는 고요한 일상이 퍽 마음에 들다가도 돌연 찾아온 외로움을 수습하지 못한 채 술과 책에 기대어 아슬아슬하게 서 있는 자신을 마주한다. 내게 필요한 것은 분명했다. 다람쥐 쳇바퀴 돌듯 단조롭게 흘러가는 하루 속에서 무언가를 해냈다는 기분을 찾고 싶었다.

　일상의 틀을 깨지 않으면서 도전과 성취를 얻을 수 있는 게 뭐가 있을까 고민하다 생각난 게 미라클 모닝이었다.

새벽에 일찍 일어나면 인생이 변한다더라, 자신감이 생긴다더라 같은 말만 듣고 무작정 알람 시계를 5시 30분에 맞추고 일어났다. 원래 이렇게 눈은 뻑뻑하고 몸은 찌뿌둥한 게 맞겠지, 혼잣말을 중얼거리며 산책을 하고 책을 읽었다. 저녁에 읽으면 더 잘 읽히는 책을 굳이 아침에 읽어야 하는 이유에 대해 생각했다.

다음 날에도 5시 30분에 일어나 차를 끓이고 또 책을 읽었다. 그 다음 날엔 눈을 떴더니 해가 중천에 떠있었다. 알람을 끈 기억도 없었다. 목적 의식 없이 그저 일찍 일어나는 사람들을 따라 했던 나의 첫 미라클 모닝은 그렇게 3일 만에 '실패'로 돌아갔다.

이 과정을 영상으로 만들어 올리자 1년 넘게 미라클 모닝을 실천 중이라는 구독자님이 장문의 댓글을 남겨주셨다. 자신에게 미라클 모닝은 코로나로 인해 한없이 권태로워진 삶을 잡아주는 수단이었으며, 새벽 기상은 정말 어려운 것이니 실패했다고 해서 죄책감을 가질 필요는 없다고. 그저 일과를 시작하기 30분 전에 일어나 자신만의 시간을 만드는 것으로도 충분하고, 그걸 해내다 보면 하루하루가 쌓여 커다란 선물로 다가올 거라는 내용이었다. 댓글을 읽으며 아차 싶었다. 무엇이든 '어떻게'보다는 '왜'가 중요하다는 걸 잊고 있었다. 내가 미라클 모닝으로 얻고 싶은 건 '일찍 일어나기'라는 행위가 아니라 하루의 시작을 보람으로 채워줄 '가벼운 만족감'이었다.

이유를 되새겼으니 이제 목표를 정할 차례. 나는 평소 편독하는 습관을 고치고 싶어 했으므로 사놓고 읽지 않던 고전 소설들을 읽어보기로 했다. 목적에 방점을 찍고 나니 과정은 자연스럽게 변했다. 미라클 모닝의 시작은 새벽이 아니라 전날 저녁이었다. 다음 날 좋은 컨디션으로 일어나기 위해 저녁이면 가볍게 운동을 했고, 밤 늦게까지 일하던 습관을 고쳤으며 핸드폰을 멀리했다.

아침엔 기상 시간을 지켜야 한다는 생각에 스트레스를 받기보다 5시 30분에서 6시 30분 사이에 유동적으로 일어나 책을 읽었다. 처음엔 고전을 읽다가 유명한 브랜딩 책을 연달아 보기도 하고, 우울감이 심한 시기엔 심리학 관련 책을 독파했다. 당시 관심사에 따라 도전하는 분야는 달라졌고 가끔은 영화를 보며 영어 공부를 하거나 요가원 새벽반에 나가 수련을 하기도 했다.

책장을 넘기거나 땀 흘리며 운동한 뒤 찾아온 여명은 여느 때보다 밝았다. 사람은 본래 의구심을 멈추기 어렵지만 특히나 혼자 일하는 프리랜서가 된 뒤로 자기 불신의 굴레에서 벗어나기 힘들다. '이 자막을 써도 될까?'라는 작은 고민이 '지금 가고 있는 길이 맞을까?'라는 회의로 이어진다. 끊임없이 스스로 의심하고 돌아서서 다독거리길 반복하는 위태로운 일상에서 해낼 수 없을 거라 믿었던 일로 하루를 시작한다는 건 자기 신뢰를 적립하는 일이었다.

오늘도 해냈다는 감각이 나를 이불 속이 아닌 책상 앞에 앉아 있게 했다. "우릴 침대 밖으로 끌어내는 건 활동이지, 알람 시계가 아니야"라는 《소크라테스 익스프레스》속 문장과 같이, 나처럼 지독한 잠귀신도 일어나게 하는 걸 보면 인간은 정녕 작은 성취를 먹으며 살아가는 동물이 아닐까.

첫 미라클 모닝을 시도하고 몇 년의 시간이 지났다. 그 시간 속에서 내가 내린 결론은 역시 타고난 기질은 쉽게 변하지 않는다는 것. 다시 말해 나는 아직도 아침잠이 많다. 책도 여전히 아침보다는 저녁에 더 잘 읽힌다. 나는 역시 밤에 특화된 인간이다. 이 사실에 슬퍼하기보다 미라클 모닝을 적절히 이용하자고 다짐한다. 일상을 그럭저럭 견딜 수 있을 때면 프리랜서의 장점을 최대한 살려 내 몸에 흐르는 생체 리듬에 따라 하루를 살아내고, 규칙적이고 생산적인 무언가가 간절해질 때면 미라클 모닝을 실천하며 무력감을 떨쳐내고 자기효능감을 되찾는다.

남들과 방법이 다르면 어떻고 미라클 모닝의 통상적 의도에 부합하지 않으면 또 어떤가. 기적만큼 중요한 것은 내 삶의 주인이 나라는 믿음을 잃지 않는 것이다.

남들처럼 일찍 일어나지 못한다고
스스로를 원망하거나
생산적인 루틴을 지키지 못했다고
무력감을 느낄 필요는 없다.

다른 사람들의 방법이 아닌
내가 할 수 있는 것만을 골라서 한다.
내 삶의 주인이 나라는 믿음을 가질 때
미라클 모닝은 비로소 '기적'이 된다.

물건의 유통기한은
내가 다 쓸 때까지

무심하게 환경 보호에 동참하는 사람들이 있다. 내가 열다섯 살 때 인터넷 쇼핑몰에서 샀던 옷을 입고 나와서 나를 놀라게 하는 엄마, 동네를 산책하다 고장 난 조명이나 시계를 발견하면 주워와 고쳐 쓰는 아빠, 필요한 물건이 생기면 중고마켓에 검색부터 해본다는 전 직장 동료, 내가 제발 놓아주라고 장난처럼 말할 정도로 엄마가 물려준 패딩을 색이 바랠 때까지 입던 친구 S, 질 좋은 옷을 사서 오래 입는 게 아니라 질 안 좋은 옷도 오래 입으며 계절마다 쇼핑할 필요성을 못 느낀다고 말하는 친구 M. 나는 그들의 모습에서 새로운 것을 욕심내기보다 가진 것을 아끼며 곁에 오래 두는 삶의 태도를 배웠다.

내게는 에코백 하나가 있다. 책 다섯 권은 충분히 들어가는 튼튼한 가방 전면엔 좋아하는 작가의 아끼는 문장이 새겨져 있다. No need to be anybody but oneself(그저 자기자신으로 존재하면 그만이었습니다). 버지니아 울프의 《자기만의 방》 속 한 구절이다. 에코백은 나의 첫 유튜브 영상에서부터 등장했으니 함께한 시간이 햇수로 4, 5년은 훌쩍 넘었을 거다. 영상에 하도 자주 등장해서 구독자 중 한 분이 '히조 님 반려 에코백'이라는 귀여운 별명을 지어주셨다.

나는 이 말이 참 좋다. 반려라는 말에서는 애틋함과 끈끈함이 느껴진다. 에코백은 내가 도서관에서 고른 책을 담고 함께 걸었고, 여행지에서 같이 기념사진을 찍었고, 장을 볼 때, 출근할 때, 친구를 만날 때마다 어깨 위에 자리했다. 정을 나누는 깊은 애정은 없어도 건강하게 오래 함께하길 바란다는 마음까지 생각하면 반려 에코백이라는 말보다 적당한 걸 찾기 어렵다.

반려라는 말을 붙이고 싶은 물건이 또 한 가지 있다면 바로 잠옷이다. 나는 애착 잠옷이라고 불렀다. 정말 기억도 안 날 정도로 오래전부터(아마 10년 넘게) 입었던 검정색 체크무늬 잠옷 바지는 해지다 못해 터지면 한 땀 한 땀 꼬매서 입었고 그 옆이 터지면 또 꼬매서 입었다. 그 과정을 수차례 반복하다 더 이상 기울 곳이 없어져서 구멍 난 채로 입고 있었더니 보다 못한 단짝 친구가 정 떨어진다고 고백해서(⋯) 결국 놓아줬다. 다음 타자가 된 파란 체크무늬 잠옷 세트는 선물 받은 지 5년이 다 되어가는 지금도 잘 입고 있다. 여러 해를 함께하다 보니 종종 잠옷 좀 갈아입었으면 좋겠다는 댓글이 달려서(⋯) 최근 짙은 감색 잠옷 세트를 추가로 구매했다. 체크 잠옷보다 원단이 얇고 활동하기 편해서 만족스럽다. 둘 다 아직 튼튼하지만 아마 어딘가 터진다 해도 꼬매고 또 꼬매서 오래도록 내 곁에서 반려 잠옷으로 함께할 것이다.

리바운드 효과rebound effect, 또 다른 말로는 반동 효과에 대해 말하고 싶다. 흰 곰을 떠올리지 말라고 했을 때 흰 곰만 생각하게 되는 것처럼 의도한 것과 반대의 현상이 나타나는 것을 일컫는 말이다. 친환경이 대두되고 제로웨이스트 운동이 일시적인 유행을 넘어 많은 이들의 삶의 방식으로 자리 잡고 있는 지금, 환경에도 리바운드 효과를 경계해야 한다는 지적이 나온다. 친환경이라는 명목 아래 쉽게 굿즈, 답례품, 기념품 등을 만들고 수집의 대상이 되어 다회용품이 일회용화되는 현상 때문이다.

대표적인 예는 역시 에코백과 텀블러다. 이런 물건은 소비의 죄책감을 줄여줄 뿐만 아니라 환경을 위한다는 묘한 자긍심마저 불러일으킨다. 나만 해도 입사 기념으로 지인들에게 텀블러를 세 개나 선물받아서 곤혹스러웠던 기억이 있다.

물론 에코백과 텀블러는 죄가 없다. 비닐과 플라스틱을 대체해 일회용품 사용을 줄여주는 고마운 물건이다. 문제는 지구의 날을 기념하여 굿즈를 만드는 식의 무분별한 생산과 소비에 있다. 미국 수명주기 에너지 분석 연구소에 따르면 텀블러가 환경 보호 효과를 내려면 유리 텀블러는 15번 이상, 플라스틱 텀블러는 17번 이상, 세라믹 텀블러는 39번 이상, 스테인리스 텀블러는 무려 1,000번 이상 사용해야 한다. 생산과 폐기 과정에서 플라스틱 컵보다 더 많은 온실가스가 발생하기 때문이다.

에코백도 같은 이유로 한 개를 최소 131번은 사용해야 일회용 비닐 한 장 분의 탄소 저감 효과가 나타난다. 이젠 일회용품을 대체하기 위해 제품을 개발 및 생산하고 구매하는 단계를 지나 절제하고 거절하고 아껴 써야 할 시점이다. '무엇을 하느냐'보다 '무엇을 안 하느냐'가 더 중요해진 때가 온 것이다.

가진 물건을 오래도록 잘 쓰는 것만큼 비교적 수명이 짧은 생필품을 끝까지 사용하는 습관도 필요하다. 나는 아무리 짜도 나오지 않는 치약은 가위로 갈라서 남은 내용물을 깨끗이 긁어내 수전 청소를 한다. 교체 주기가 지난 칫솔로 닦아 물로 씻어내면 반짝반짝 광이 난다. 상쾌하게 퍼지는 민트향은 덤이다. 욕실에서 나오는 비누 조각은 작은 케이스에 담아 휴대하고 다닌다. 개인 위생이 중요해진 팬데믹 시기에 특히 유용했다.

구멍이 난 양말은 창틀 청소에 쓰고, 택배박스와 포장재는 보관했다가 중고 거래나 브리타 필터 회수를 신청할 때 재사용한다. 세안 용품이나 화장품도 마지막 한 방울까지 탈탈 털어 쓴 뒤 빈 통을 후련하게 버리는 기쁨을 맛본다.

좀생이처럼 보이면 어떻고 구질구질해 보이면 또 어떤가. 내 인생을 누가 대신 살아주지 않듯 내가 사는 이곳도 누가 대신 지켜주지 않는다.

→ 나의 경우,

쉽게 버리기 전에 창의력을 발휘해 남은 쓸모를 생각해 보면

환경도 위하며 자긍심도 느낄 수 있다.

다 쓰고 남은 비누 조각은 욕실에서는 쓰기 힘들지 몰라도,

작은 케이스에 넣어 휴대하면 훌륭한 개인 위생 키트가

될 수 있다. 아무리 짜내도 나오지 않는 치약은

가위로 자르면 성능 좋은 광택제가 된다.

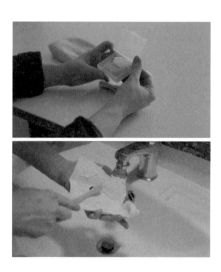

결코 유난스럽지 않은 '용기' 내기

뙤약볕 아래 살이 익는 게 실시간으로 느껴지는 무더운 여름날. '외출할 땐 무조건 가볍게'가 철칙인 나지만 오늘만큼은 보부상을 자처해 커다란 에코백 속에 빈 용기와 면 보자기를 한아름 안고 성수동으로 향한다. 오늘은 바로 정기적 팝업 마켓인 마르쉐@의 채소시장이 열리는 날이다.

마르쉐@는 '장터, 시장'이라는 뜻의 프랑스어 '마르쉐'에 장소 앞에 붙는 전치사 at(@)을 더해 지어진 이름으로, 20여 팀의 농부들이 모여 장 보고 밥 짓는 일상의 즐거움을 되찾고자 동네에서 여는 작은 시장이다. 이곳은 신선하고 독특한 채소와 풍성한 식재료로 구경거리가 넘친다. 자주 가는 단골집 사장님에게도 좀처럼 말을 걸지 않는 나지만, '돈과 물건의 교환만 이루어지는 시장'이 아닌 '사람, 관계, 대화가 있는 시장'을 추구한다는 마르쉐@에선 물건을 사며 농부들과 대화하는 일이 전혀 어색하지 않다. 궁금한 식재료를 시식해 보며 최적의 레시피를 추천받거나 농약과 비료와 비닐 없이 채소를 재배했다는 농부들의 철학을 듣다 보면 시간 가는 줄 모른다.

시장 내에선 대부분 비닐 대신 종이 포장지를 사용하지만 미리 준비한 용기를 내밀면 흔쾌히 웃으며 받아주신다. 종종 청찬 한마디와 함께 작은 덤을 얻기도 한다. 1인 가구 특성상 과일 구매가 항상 망설여지는데, 이곳에선 사과나 복숭아를 두 알만 사는 것도 가능하다. 손에는 각자의 장바구니를 들고서 '용기' 내는 일이 자연스러운 사람들과 채소로 만든 점심을 나눠먹으며 환경에 대해 이야기를 나누는 사람들. 그들에게서 뿜어져 나오는 건강한 에너지를 잔뜩 흡수하다 보면 없던 모험심이 절로 생긴다.

나는 태어나 처음으로 아로니아를 구매해 달콤쌉쌀한 소스를 만들거나, 앵두처럼 작은 보라색 파프리카를 사와 볶은 뒤 호밀빵 위에 올려 오픈 샌드위치로 재탄생시켰다.

여기서 샀던 환상적인 맛의 밤밀크 잼은 집에서 몇 번이나 따라 만들며 레시피를 연구하기도 했다. 쓰레기 없이 구매한 제철 채소로 계절이 느껴지는 음식을 만드는 과정은 언제나 뿌듯하고 즐겁다.

이렇게 다수의 사람들이 행동하는 곳에선 어렵지 않지만, 평범한 일상에서 용기容器를 내는 일은 실제로 용기勇氣가 필요한 일이다. 쑥스러움은 차치하더라도 사람이 많은 매장에서 주문을 할 때면 과정을 번거롭게 만들고 구축된 시스템을 방해하는 기분마저 든다. 어렵사리 용기를 낸 뒤에도 상호 간에 의견이 맞아야 한다. 몇 해 전, 친구들과 소풍을 가기 위해 분식집에 들러 김밥을 산 적이 있다. 주문과 동시에 집에서 가져온 도시락 통에 담아 달라고 부탁하자 사장님은 잠시 주저하더니 말없이 빈 용기를 받아가셨다. 그렇게 기분 좋게 김밥을 포장하고 공원에 돗자리를 깔고 앉아 도시락을 열었는데 웬걸, 그 안에 은박지로 곱게 포장된 김밥 한 줄이 들어 있었다. 다음엔 '포장 없이 담아주세요'라는 말을 덧붙여야겠다고 다짐하며 씁쓸한 마음을 김밥과 함께 삼켰다.

한 번은 집 근처 수제버거 가게에서 비건 버거와 감자튀김을 포장하며 용기에 담아달라고 말했는데, 집에 돌아와 보니 미리 거절했던 게 무색하게도 일회용 케첩이 함께 들어 있었다. 간혹 장바구니를 잊은 날엔 물건을 산 뒤 그냥 들고 가겠다고 하면 "그래도 무거운데 담아줄게요"라고 말하며 비닐을 꺼내시는 분들이 있다. 누군가의 호의를 거절하는 건 늘 쉽지 않은 일이라 이런 착한 실랑이가 길어지면 난감해지기도 한다. 결국 "환경 생각하려고요"라고 짧게 말하면 그제서야 알겠다는 듯 고개를 끄덕이며 비닐을 다시 넣으신다. 어떤 일이 자연스러운 일로 자리 잡기 위해선 이런 과도기도 필요하겠지, 라고 생각하며 물건을 한아름 안고 가게를 나선다.

쉽지 않은 예시를 먼저 들었지만 용기 내는 일은 시간이 갈수록 순조롭다고 느낀다. 내미는 사람도 받는 사람도 점차 변해간다. 최근 외출 후에 강한 보상심리가 동할 것을 예감하여 미리 넉넉한 반찬통을 챙겼다. 늦은 오후 집으로 돌아가는 길에 가끔 시켜먹던 식당에서 들러 마라샹궈를 포장했다. 고기 없이 좋아하는 알배추와 버섯은 많이, 맵기는 1단계. 미리 건넨 용기에 음식을 담으며 사장님은 연신 감사하다고 말했다. "받아주셔서 제가 감사하죠" "어휴, 좋은 일(?) 하시는데 제가 감사하죠"라며 연신 감사 릴레이를 주고 받다가, 다음에 작은 통도 가져오면 서비스를 챙겨주겠다고 약속하셨다.

고된 일정을 소화하느라 삐걱거리는 몸 위에 편안한 잠옷을 입히고 얼굴 위에 내려앉은 미세먼지를 말끔히 씻어낸 뒤 좋아하는 예능을 틀고 앉아 먹은 마라샹궈의 첫 입은 한 마디로 '천국'이었다. 마라샹궈의 맛도 훌륭했지만 여기엔 분명 뿌듯함이 한몫했다. 그 순간 〈캠핑클럽〉에서 인상 깊게 들었던 이효리의 말이 생각났다.

남들이 안 알아줘도, 나 자신이 기특하게 보이는 순간이 많을수록 자존감이 높아져. 남이 생각하는 나보다 더 중요한 건 내가 생각하는 나니까.

미국의 사회심리학자 스탠리 밀그램이 진행한 흥미로운 실험이 있다. 그는 실험 도우미 세 명을 길거리에 세워 두고 아무 말 없이 빌딩 옥상을 바라보도록 지시했다. 그 결과 지나가는 행인의 60퍼센트가 가던 길을 멈추고 똑같이 빌딩 옥상을 바라보았다. 실험도우미가 늘어날수록 옥상을 바라보는 행인의 수도 늘었고, 다섯 명의 실험도우미가 옥상을 바라보자 행인 중 80퍼센트가 옥상을 바라본다는 결과가 나왔다.

이러한 동조 효과는 단순히 행동을 유도할 뿐만 아니라 개인의 판단력까지 왜곡시켜 의사결정에도 영향을 미친다. 공연장에서 많은 사람들이 기립박수를 보낼 때 내키지 않더라도 일어나 박수를 치게 된다거나, 다수가 무단횡단을 하면 잘못된 걸 알면서도 함께 신호를 위반하여 길을 건너게 되는 경우가 그렇다.

우리는 이토록 타인과 긴밀하게 연결된 존재다. 내가 용기를 내고 그 모습을 굳이 사진과 영상을 통해 전시하는 이유는 여기에 있다. 동조 효과를 희구하며 기꺼이 옥상을 바라보는 행인이 되는 것이다. 이미 내 옆엔 행인 2, 3, 4, 5⋯가 있다는 사실 또한 잘 알고 있기에 동조 효과가 나비 효과가 되는 날이 머지않았으리라 믿는다.

→ **나의 경우,**

나의 용기 내기를 즐겁게 만들어주는 도구들을 소개한다.

1. **스테인리스 용기**

   주로 뜨거운 음식을 포장할 때 사용한다. 유리보다 휴
   대가 편하고 환경호르몬 걱정 없이 보온도 잘 된다. 1인
   가구에게 적당한 사이즈 한 개를 사서 두루두루 활용하
   는 중이다.

2. **유리 용기**

   제로웨이스트 숍에서 찻잎을 사거나 디퓨저 용액 등 액
   체를 리필할 때 사용한
   다. 투명한 유리병엔 어
   떤 걸 담아도 예뻐서 기
   분이 좋아진다.

3. **플라스틱 용기**

   운동 다녀오는 길에 샐러드를 포장하는 등 외출할 때 유
   용하다. 냉동까지 가능해서 용기 낼 때뿐만 아니라 주방
   에서 식재료를 소분할 때 잘 사용한다

4. **면주머니**

   종종 사은품으로 받는 면주머니는 두루두루 쓰임새가
   좋다. 깨끗이 세탁해 두었다가 장을 볼 때 비닐 대신 사
   용하여 곡물이나 채소를 담고, 여행 갈 땐 속옷이나 세
   안 용품을 챙기고, 선물할 일이 있을 때 포장지를 대신
   하기도 한다.

필요와 의무가 아닌
온전한 삶을 살기 위하여

어릴 적엔 남동생과 자주 붙어지냈다. 지금
과는 달리 순진하고 착하고 말도 잘 듣던 동생은 놀리는 재
미까지 쏠쏠해서 옆에 끼고 다닐 맛이 났다. 우리는 매일
함께 그림을 그리고 게임을 하고 물총을 쏘며 뛰어 놀았지
만 내가 가장 좋아하던 놀이는 '앓아 눕기'였다. 나는 방과
후 집에서 심심해질 때면 방에 이불을 깔고 누워 끙끙 앓는
소리를 냈다. 착한 동생이 내가 아파서 목이 마르다고 하면
물을 떠오고 배가 고프다고 하면 자기 몫의 과자를 내줬기
때문이다. 온몸에 힘이 없다고 하면 고사리 같은 손으로 내
목뒤를 받치고 직접 먹여도 줬다.

놀이의 클라이맥스는 언제나 "만약…… 누나가 이대로

죽으면……"이었다. 악어의 눈물을 흘리는 성의도 없이 우
는 척 떨리는 목소리로 저렇게 말하면 동생은 내 손을 잡고
그런 소리 하지 말라며 닭똥 같은 눈물을 뚝뚝 흘렸다. 나
는 그 모습이 너무 귀여워서(웃겨서) 매일 앓는 연기를 했다
(미안하게 됐다).

　아주 어린 시절의 이야기다. 어른이 된 나는 더 이상 죽
음이란 단어를 장난처럼 말하지 못한다. 이제 죽음은 나에
게 먼 세상의 일이 아니기 때문이다. 별안간 죽음을 맞거나
스스로 죽음을 맞이한 이들을 떠올리면 쉬이 그것을 입에
올릴 수 없다. 시간차를 둘 뿐 나에게도 발생할 수 있는 일
이란 것도 이젠 안다.

　첫 책도 그랬지만 특히 이 책은 나의 마지막 책이 될 거
란 생각으로 썼다. 내 안의 작은 티끌까지 훌훌 털어버릴
요량으로 쏟아내듯 썼다. 순간순간 주저했지만 그래도 썼
다. 더 쓰거나 덜 쓰지 않고 내가 하고 싶은 만큼을 할 수 있
는 만큼 썼다. 마지막이 될지도 모르니까.

　나란 사람을 쥐어짜 한 권의 책으로 담고 보니 역시 모
순투성이다. 어떤 이들은 혼란스러울지도 모르겠다. 명상

이며 미라클 모닝이 그렇게 좋다면서 매일 하지 않고, 나만의 루틴을 견고히 만들다가도 충동적인 감정에 손을 들어주고, 당장 해결할 수 없는 문제는 내려놓으라더니 돌연 감정을 받아들여 엉엉 울어버린다. 한 가지의 주제를 뚝심 있게 말하는 책들 사이에서 조금은 반항적인 자세로 앉아 있을 이 책을 상상하면 웃음이 난다.

가을바람에 흩날리는 갈대보다도 자주 흔들리는 것처럼 보일지 모르지만, 사실 내 모든 결정과 행동의 목표는 단 한 가지다. 바로 나를 잃지 않는 것. 다수에게 옳다고 해서 내게 맞는 것은 아니며 삶의 문제가 언제나 한 가지 결론으로 도달하는 건 아니기에 나는 이랬다저랬다 간을 보며 최적의 나를 찾는다. 때론 빠르고 때론 느리게, 때론 뜨겁고 때론 차갑게. 인생은 모순투성이니까, 인생을 사는 나도 그래도 된다.

이 책을 쓰며 보낸 지난 시간을 나는 새벽까지 이어진 산책, 유재하의 노래, 제로섬 게임을 하듯 쓰는 만큼 치열하게 읽었던 밤으로 기억할 것이다. 그리울 것이 분명하지만 결코 쉽지 않았다. 글쓰기는 반복되는 싸움 속에서 내가 이기고 내가 지는 과정이다. 이런 말을 남겨도 되는지, 읽는 누군가 상처받지는 않을지, 더 나은 표현은 없을지 고민하다 보니 어느새 한 권의 책이 되었다. 용기가 필요한 길 위에서 나를 지탱해 준 건 내가 만들고 있는 게 책이라는 단 하나의 생각이었다.

한 사람이 자신을 기억하는 방식은 셀 수 없이 많겠지만, 그중 책으로 나를 기억할 수 있어 기쁘다.

서문

헤르만 헤세, 안인희 옮김, 《데미안》, 문학동네, 2013.

1

메이슨 커리, 이미정 옮김, 《예술하는 습관》, 걷는나무, 2020.

기형도, 〈빈 집〉, 《입 속의 검은 잎》, 문학과지성사, 1989.

Vincent van Gogh, To Theo van Gogh. Arles, Sunday, 23 or Monday, 24
    September 1888.

https://vangoghletters.org/vg/letters/let686/letter.html

신형철, 〈외로움이 환해지는 순간이 있다〉, 《한겨레》, 2016.02.19.

2

숫뚜·허조, 《여생, 너와 나의 이야기》, 딥앤와이드, 2020.

앤드류 솔로몬, 민승남 옮김, 《한낮의 우울》, 민음사, 2021.

밀란 쿤데라, 박성창 옮김,《커튼》, 민음사, 2012.

조예은,〈나쁜 꿈과 함께〉,《트로피컬 나이트》, 한겨레출판, 2022.

작가1,《B의 일기 2》27화, 북로그컴퍼니, 2021.

호르헤 루이스 보르헤스, 송병선 옮김,〈기억의 천재 푸네스〉,《픽션들》, 민음사, 2011.

강찬수 외,〈생분해 플라스틱이라는데… 소각되는 것도 많다〉,《중앙일보》, 2021.09.14.

무라카미 하루키, 양윤옥 옮김,《직업으로서의 소설가》, 현대문학, 2016.

3

요조·임경선,《여자로 살아가는 우리들에게》, 문학동네, 2019.

안미옥,〈캔들〉,《온》, 창비, 2017.

최진영,《해가 지는 곳으로》, 민음사, 2017.

김은주,《생각하는 여자는 괴물과 함께 잠을 잔다》, 봄알람, 2017.

정세랑,《피프티 피플》, 창비, 2021.

이승우,《캉탕》, 현대문학, 2019.

헬레인 한프, 이민아 옮김,《채링크로스 84번지》, 궁리, 2021.

존 버거, 최민 옮김,《다른 방식으로 보기》, 열화당, 2012.

〈다큐 프라임 – 자본주의〉제2부, "소비는 감정이다", 정지은 연출, 2012.

기형도,〈오후 4시의 희망〉,《입 속의 검은 잎》, 문학과지성사, 1989.

알랭 드 보통, 정영목 옮김,《왜 나는 너를 사랑하는가》, 청미래, 2022.

에릭 와이너, 김하현 옮김,《소크라테스 익스프레스》, 어크로스, 2021.

〈캠핑클럽〉4회, 마건영 연출, 2019.

하지 않는 삶

초판 1쇄 발행 2023년 7월 7일

초판 4쇄 발행 2023년 12월 5일

지은이   허조

펴낸이   권미경

편집장   이소영

기획편집   이정주

마케팅   심지훈, 강소연, 김재이

디자인   퍼포엘

펴낸곳   (주)웨일북

출판등록   2015년 10월 12일 제2015-000316호

주소   서울시 마포구 토정로 47, 서일빌딩 701호

전화   02-322-7187

팩스   02-337-8187

메일   sea@whalebook.co.kr

인스타그램   instagram.com/whalebooks

ISBN 979-11-92097-54-1 (03810)

소중한 원고를 보내주세요.

좋은 저자에게서 좋은 책이 나온다는 믿음으로, 항상 진심을 다해 구하겠습니다.